天使のおかげで僕は

乃坂希

JN054443

双葉文庫

目次

天使のおかげで僕は

プロローグ

「それにしても暑いな……」

　真夏のある日、亀山光雄《かめやまみつお》は新宿《しんじゆく》二丁目の裏通りを歩いていた。好きなイラストレーターの作品が展示されているアートバーで、ランチタイムの二色カレーを堪能《たんのう》したあとにブラブラしていたのだ。

　すると、突然リリーという名のオネエの辻占《つじうらな》い師に声をかけられた。

「あら、お兄さん。女性関係が、とても華やかになる相が出ているわよ」

　どうして占い師の名前がわかったかというと、立て看板に「リリーの水晶玉《すいしようだま》占い」と書いてあったからである。

「えっ、本当ですか？」

　光雄が思わず反応してしまったのは、常日頃からどうにかして女運がよくならないかと考えていたからだ。

「くわしく占ってあげるから、こっちへいらっしゃい。それに、喉《のど》が渇いてるんじゃない？　ほら、冷たいお茶もあるわよ」

リリーはアイスボックスから取り出したペットボトルを掲《かか》げ、もう片方の手でおいでおいでをするのだった。

「いいです。ぼく、金ないし」

「口開《くちあ》けだし、あんた、私の弟に似てるから、サービスするわ」

「そ、それじゃあ、お願いします」

光雄が名前と生年月日を教えると、リリーは水晶玉を覗《のぞ》き込みながらスラスラと喋《しゃべ》り始めた。

「ふむふむ。北関東出身の大学生で、東京でキャンパスライフを送りつつ、最近はセックスのことばかり考えてる。しかも風俗や出会い系アプリには抵抗があって、できれば素人《しろうと》のいろんな女性と出会ってエッチをしたいと思っているわけね」

光雄は、飲んでいるお茶を噴《ふ》き出しそうになった。

「ななな、なんでわかるんですか？」

「そりゃあ、優秀な占い師だからよ」

不思議なことにリリーは、光雄の境遇から、いま抱えているさまざまな問題や願望まで次々と言い当てていった。

目的もなく入学したせいか、大学の勉強に身が入らず、なんとか四年まで進級したものの、就活はうまくいかず内定ゼロの状態。

留年して来年もう一度就活しようかとも思っているが、特に目指してる業界も希望の会社もないのが本音。この際、フリーターでお気楽に暮らしていくのもいいかくらいに思っていることまで言い当てたのだ。

「とにかく、東京でまだやり残したことがあるのね」

「そうです」

「今の最優先課題は、童貞喪失か……」

リリーにズバリ言われ、光雄は激しく動揺した。

「いやいやいや。と、ととと、東京は自由で、なんでもできるわけですし……。だって、うちの田舎だと本屋で立ち読みしてるだけで、雑誌や本のタイトルまで親に筒抜けなんですから」

よくわからない言い訳が口から出た。

「その割には棚からボタモチみたいな初体験を期待してるようだけど？」

「駄目ですかね。田舎での二年の出来事が東京では二日で経験できるって、尊敬する叔父さんの日記に書いてあったんですけど」

「叔父さんを尊敬してるの？」

「ぼくが小さいときに死んじゃったんですけど、その叔父さんの日記を読んで東京の大学を受験したんですよ」

「ふーん、そうなんだ」

生返事してリリーは、うやうやしく水晶玉を覗いた。

「あら、デパートが見えるわ。んー、店名まではわからないけど」

「今からこの近くのデパートへ行けば、女性との出会いがあるってことですか？」

「たぶん、そうよ。相手はけっこう年上で、上手くすればタナボタ童貞喪失のチャンスかも。でもそれは女運がアップしてるからなのか、女難《じょなん》なのかは光雄くん次第みたい。まあ、女修行をするいい機会かもしれないわね」

「じゃあ、とにかく手当たり次第、この界隈《かいわい》のデパートに行ってみます」

占いだから当たるも八卦《はっけ》、当たらぬも八卦なのだろうが、何から何まで言い当てられた直後なので信じてみる気になった。

「あのね、初体験に関してアドバイスをしておくわ。大事なのは、童貞であることを隠さないこと。知ったかぶりや背伸びをしてカッコつけると、逆に自分にプレッシャーがかかってしまうからね」

「わかりました。セックスの前に初めてとか、緊張してるって正直に伝えればいいんですね」

そう言って、光雄はデパートへ向かうことにした。

第一章　秘密のドライブ

1

(本当に、年上女性との出会いなんてあるのかな?)

特に買いたいものがあるわけではない光雄は、ウインドーショッピングでもするつもりで、リリーのところから一番近いデパートに行くことにした。

一階の化粧品や宝石売り場は男子学生には居心地が悪いので、サッサと通り抜けようと早歩きでエスカレーターの方へと向かう。すると突然、ブランド物と思われる瀟洒《しょうしゃ》なサマードレス姿の女性に声をかけられた。

「あら、光雄くん?」

声の主は、光雄がオシャレなカフェでアルバイトをしていたときに、可愛がってくれた常連のお客さんだった。

金子早紀《かねこさき》という名前で、たしか自分より十歳年上、三十二歳の人妻である。誰が見ても美人の有閑《ゆうかん》マダムという感じの人で、三十歳の時に輸入雑貨商を営む六十歳の社長と結婚し子どもはいない。

「えっ？　あっ、早紀さん。こんにちは、お久しぶりです」

本当に、けっこう年上で知り合いの人妻と出会えた。まさか早紀さんを相手に初体験なんて、美味しい展開になったりするのだろうか。考えるだけで、ドキドキしてしまう。

「偶然ね、買い物に来たの？」

「暇《ひま》なんで涼《すず》みがてら、ウインドーショッピングですかね」

「だったら、お願いがあるんだけど、少しだけ荷物を持ってくれないかしら？　あとで、美味《おい》しいスイーツと冷たい飲み物を奢《おご》ってあげるから」

「あっ、ラッキーだな。もちろんオッケーです」

光雄が返事をして早紀さんが持ってるブランド物の紙袋を二つ預かると、その後も化粧品に始まり、靴や洋服などいろんな売り場を回ることになった。

「デパートの一階にある化粧品売り場って、いつもは素通りするだけなんでドキドキしますね。女の園に迷い込んだ感じっていうか、いい匂いがするし」

「彼女の買い物に、付き合ったりしないの？」

「いないんですよ、彼女。でも恋人ができたら、買い物に付き合ったほうがいいんですかね？」

「きっと喜ぶと思うわ。もっともうちの主人なんて結婚前から、女の買い物は長いからって言って、全然付き合ってくれなかったけどね」

そんな会話を交《か》わしつつ、各売り場での買い物を終えた。光雄はけっこうな大荷物を抱え、早紀さんの先導で地下駐車場まで下りていった。そして早紀が運転する車で、気晴らしのドライブにも付き合うことになった。

買い物中にも夫に対する愚痴《ぐち》を聞かされたが、車の中という密室になると、話の内容は徐々に赤裸々《せきらら》になっていく。運転しながらだから、顔を見ていないということも関係しているのかもしれない。

最初は友人夫婦のことを語っていた早紀さんだったが、そのうちだんだん気持ちが高ぶってきたのか、感情的な口調で自身のことを語り始めた。

「うちなんて独身時代や新婚の頃は、そこそこ営《いとな》みがあったけど、結婚して一年も経たないうちに完全にセックスレスだからね」

「セセセ、セックスレス、ですか……」

童貞の光雄は、美人の人妻の口からセックスという言葉が出てきただけで激しく動揺した。瞬間的に、もしかしたら本当に早紀さんとセックスができるんじゃないかと、思考が飛躍し股間が疼《うず》いた。

「ごめんね、こんな話なんか聞きたくないだろうけど、誰にも相談できないのよ」

「だ、大丈夫です。むしろ逆に、興味津々ですよ。あの、恋人ができたり、いつか結婚したときの参考になりますから」

「じゃあ、聞いてもらおうかな。あのね、主人は三十歳も年上だから、年齢的にED気味なうえに、今は会社を大きくすることに夢中なの」

「確か、旦那さんは社長さんでしたよね」

光雄は相槌《あいづち》を打ちつつ、心の中では別のことを考えていた。

(旦那さん。会社だけじゃなくて、奥さんのためにイチモツも大きくしないと駄目じゃないか。でも、六十代にもなると勃起《ぼっき》しなくなるのかな?)

二十二歳の童貞大学生は、香水のいい匂いが漂う車内で、人妻の隣に座って会話するだけで、ムクムク勃起して困っているというのに。いかにもリラックスしているふりを装《よそお》いながら、どうにか自然な形で股間に手を置いて、イチモツを隠すのがやっとだった。

「そう、頭の中は会社のことばっかり。わたしのことなんか全然かまってくれないから、いっそのことセフレでも作ってやろうかって思ったのよ。けど、セフレの方が本気になっちゃって面倒なことになってる知り合いもいるし、わたしはもちろん今の生活を壊すつもりもないし……どうしても我慢できなくなったら、自分で慰《なぐさ》めるの……」

大胆な発言をする人妻の、憂《うれ》いを帯びた横顔を思わず光雄は凝視《ぎょうし》した。

(うおお。まさか、オナニーの告白⁉　もしかして早紀さん、マジで誘ってるのか？)

などという童貞の妄想《もうそう》は、あっけなく砕け散った。

「つまり、今日みたいにパァーッと買い物で散財して自分を慰めるの」

「で、ですよね」

「でも、それももう限界……」

信号待ちで車が止まった。

「えっ？」

「わたしね、今まで年上とばかり付き合ってきた人生なの。どうせ火遊びするんなら、光雄くんくらい年下の男の子をオモチャにしたいわね」

　早紀さんはウインクしながら、一瞬こちらに視線を向けた。まるで、動揺する童貞大学生の反応を見て楽しんでいるようだった。

「でも光雄くんから見たら、わたしなんてオバサンでしょう？」

「と、とんでもない。すごく魅力的な大人の女性です」

　これは、正直な感想。

「セックスの相手として、考えられるってことかしら？」

「も、もちろんです！　色っぽいです」

　艶《なまめ》かしい会話の流れからして、ひょっとすると初体験に持ち込める可能性があるかもしれない。そう思った途端に、フル勃起状態の男根がビクンビクンと反応してしまう。

「本当ならお世辞でも嬉《うれ》しいけど。でも、年上の女にオモチャにされるなんて、男の沽券《こけん》にかかわるんじゃない？」

「沽券なんて、そもそもありませんから」

　リリーの言葉を思い出した。大事なのは、童貞であることを隠さず、知ったかぶりしないこと、というやつだ。

「正直に言いますけど、じつはぼく、童貞なんです。だからむしろオモチャにされてもいいから、早紀さんにいろいろなこと、教えてもらいたいんです」

緊張しながら光雄が言い終えると、また信号待ちで車が止まった。

「でも少し怖いな。主人がＥＤ気味なのに、もしも光雄くんまで反応してくれなかったら、私、もう立ち直れないかも」

そう言って早紀さんは、童貞大学生の膝《ひざ》に手を置いてきた。

「あの、じつはぼく、もう……」

呟《つぶや》きながら光雄は股間を隠している手を外し、ジーンズの上からでもわかるフル勃起状態のイチモツを見せつけた。さらに思い切って、人妻の手を握って自身の股間へと導いた。

すると早紀さんは、ジーンズの上からやんわりペニスを撫《な》で始める。まるで、形を確かめているような感じだった。

「光雄くん……、二人だけの秘密よ。それと今日だけの特別なことだから、しつこく付《つ》き纏《まと》ったりしないって約束してくれる？」

「も、もちろん、できます！」

童貞大学生は言葉だけでなく、怒張《どちょう》をビクビク動かして返事をした。

　そして美味しいスイーツと冷たい飲み物をご馳走《ちそう》になる予定は変更になり、早紀さんが一度入ってみたかったというラブホテルへ向かうことになった。

2

　ラブホの室内に入ると、早紀さんは光雄の目を覗き込んで訊いてきた。

「もしかして、キスも初めて？」

「は、はい」

「じゃあ、いいことを教えてあげる。女にとって、最初のキスはセックスよりも大事なの。いわゆるファーストキスのことじゃなくて、付き合い始めた人との最初のキスという意味よ」

　早紀さんは妙に落ち着いていて、言葉遣いや態度にも余裕があった。美人すぎるという印象なので、光雄はそこはかとなく気後《きおく》れしている。

　肩まで伸びた黒いストレートヘアは艶々だし、細面《ほそおもて》で色白の顔全体は清楚《せいそ》な雰囲気を醸《かも》し出していた。

　しかし切れ長で一重《ひとえ》の目と少し捲《まく》り上がった上唇が、どこかしどけなくエロテイックだった。さらに、頬の辺りと長い睫毛《まつげ》に寂しげな感じも漂《ただよ》っていて、これが人妻の色香か、とボーッとなりつつ返事をした。

「そ、そうなんですか」

「もし下手だったら、始まったばかりの関係が終わってしまうくらい、最初のキスって重要なの」

「うわわっ、そ、それはプレッシャーですね。あの、できれば、上手なキスってどういうものなのか……教えてもらいたいんですけど」

「まずね、首をかしげるの、お鼻がぶつかるのは最悪だから。それから、唇を少し舐《な》めて湿らす。ううん、ちょっと待って、わたしがしてあげる」

早紀さんはそう言って、赤い舌を出した。そしてヌメリのある柔らかい舌先が、童貞大学生の唇を丁寧《ていねい》になぞっていく。人妻の熱い吐息まで感じられるようなエロティックな行為だった。

「たいていの女の子はね、カサカサの乾いた唇を嫌がるから、キスの前には自分でケアすることを心掛けたほうがいいわ」

「わ、わかりました」

「それから……」

言葉を止めた早紀さんは、チュッ、チュッと音を立て光雄の頬や唇を啄《ついば》んでいった。最初は人妻にされるがままだった童貞大学生は、人妻の真似をして小鳥が餌《えさ》を啄ばむような可愛い接吻《せっぷん》を試みる。

しばらくして早紀さんは唇を離し、光雄の頭をよしよしと撫でた。まるで、母親が幼児を褒《ほ》めるような慈愛に満ちた表情で口を開く。

「光雄くん、なかなか上手よ。若い女の子が相手だったら、今みたいなバードキスから始めるといいわ」

「あ、ありがとうございます」

「いきなり舌を入れたりしちゃ駄目よ。バードキスをしながら、その子がどんなキスが好きなのか、探るのが大切なの。それで気分が盛り上がって、息が荒くなったり興奮が高まってきたら、自然と濃厚なキスになっていくから」

「勉強になります」

「若い女の子は、セックスでイケなくても、キスだけでイクことも多いから」

「あの……。早紀さんは、どういうキスが好きなんですか？」

「いい質問ね。そうね……、口で説明するよりも実践してあげる」

早紀さんは言って、身体を光雄にそっと押しつけてきた。いきなり密着されて焦《あせ》ったが、すぐに豊かな乳房のムニュリとした感触を意識し人妻を抱きしめた。

（ああ、女の人って、こんなに柔らかくていい匂いがするんだ！）

光雄は、初めての抱擁《ほうよう》に感動し、その心地よさを味わった。香水と入り混じった人妻の艶かしい体臭を嗅《か》ぎながら、おずおずと手を動かし女体を撫でてみる。そして思っていたよりも華奢《きやしや》な骨格と、ところどころ柔らかな肉の感触を確認していった。

一方、早紀さんは光雄の下唇を甘噛《あまが》みしながら何度か首を左右に動かした。キスとか接吻、口づけなどという言葉はどれもふさわしくなく、まるで唇を食べられているかのような感じだった。自然と唇が半開きになってしまう。

「光雄くん、そろそろ本気で行くわ。まず、受け止めてみて。それから応じるの。でも、興奮しすぎちゃ駄目。わかった？」

早紀さんは、一度唇を離して訊く。

「は、はい」

もっとすごいことが起きるのかという期待で、さらに心臓が高鳴る。

「準備はいい？」

「あの、まだ……」

光雄はドキドキしすぎで、鼻血が出そうなほど興奮していた。なので、とにかく落ち着こうと深呼吸した。この期《ご》に及んで気後れしていると受け取ったのか、早紀さんが挑発的な言葉を発した。

「また、今度にする？」

「い、いやだ、今したいです！」

「もしかして、怖いの？」

「こ、怖くはないですけど……」

いつの間にか、身体が震え始めていた。おそらくこれは、武者震いというやつに違いない。

「ふふふ。可愛い、本当に食べてしまいたいほど可愛いわ」

笑みを浮かべた人妻の唇が、童貞大学生の唇に再びゆっくり近づいた。早紀さんは積極的に光雄の上唇、続けて下唇をハムハムと甘噛みした。

しばらくすると、されるがままになって開いた光雄の口の中に、生温かくて柔らかい舌が入ってきた。人妻は舌先を器用に使って、童貞大学生の唇の裏側や前歯をくすぐっていく。

その際に早紀さんの口から漏《も》れる「あんっ、あはぁ」という吐息がじつに艶かしく、光雄は頭の中が沸騰《ふっとう》し理性のタガが外れていく。人妻の背中を抱いていた片方の手を、徐々に下に這《は》わせて大胆に尻を撫で回した。そしてすでに怒張したペニスを、人妻の下腹部に押しつけた。

尻肉は柔らかく熟れており、撫でるだけでは物足りなくなって、強く摑《つか》んでワシワシと揉《も》んだ。もちろん接吻も続けており、しばらくお互いの舌先をチロチロと舐め合った。

（まず受け止めて、それから応じて、でも興奮しすぎるなって言ってたよな）

光雄は人妻のアドバイスを反芻《はんすう》しつつ、さらに過激な口づけを試みる。早紀さんと唇をピッチリと合わせ、舌をねっとりと絡《から》めた。唾液を吸われ、吸い返すのみならず混ぜ合った。

唇で舌をしゃぶられると、「チュクッ、チュパッ、チュププッ」という淫靡《いんび》な音がして、舌と耳を犯されているような気分になった。そんなふうに、まるでお互いを食べているような濃密なキスをしばらく続けた。

（うおおおおっ。エ、エロい。ムチャクチャ大人のキスって感じだ！）

などと思っていたら、蟻《あり》の門渡《とわた》り辺りがむず痒《がゆ》くなった。ＰＣ筋をキュッと締めたら、尿道口からカウパー氏腺液《しせんえき》がドクリとこぼれた。

「もう、本当に元気ね。さっきから、ずっと当たっているの」

唇を離して早紀さんは言い、すっとその場にしゃがみ込んで顔の目の前にある若いオスの股間を見つめた。

「下だけ脱いでくれる？」

「は、はい」

光雄は大急ぎでベルトとジーンズのボタンを外し、ファスナーを下げた。そして、ボクサーショーツごと太ももまで一気に下ろした。

そのときショーツの縁に亀頭が引っ掛かったので、バネ仕掛けの玩具《おもちゃ》みたいに男根が跳《は》ね上がり、パチンッと音を立てて下腹にぶつかった。

「きゃっ、すごいわ。ほとんどお腹に、くっつきそうな角度なのね」

そう言って早紀さんは、目の前にあるオスの欲望器官を強く摑んだ。車の中ではジーンズの上からやんわりペニスの形を確かめられたが、今は硬度を調べているみたいである。

（くうううっ、ムチャクチャ気持ちいいぞ）

ひんやりした女性の指の生感触は格別で、想像の遥《はる》か斜め上をいく快《こころよ》さだった。

「うふん、すごく逞《たくま》しくて……」

早紀さんは、肉棒を強く握ってゆっくりしごき始めた。

すると光雄の尾てい骨《びこつ》の少し上が甘く痺《しび》れ、たちまちそこはかとない射精感が湧《わ》き上《あ》がり、腰全体がムズムズしてくる。反射的にPC筋を引き締めて怒張をビクビクさせると、下腹の奥がキュンキュン疼いた。

「しかもここは、綺麗《きれい》なピンク色で艶々してるし……」

さらに早紀さんはもう片方の手で、尿道口から溢《あふ》れるカウパー氏腺液をタートルヘッド全体にまぶしていく。カリ表やカリ首をくすぐってから、特に裏スジを念入りに愛撫《あいぶ》した。

「うあああ、気持ちいい、気持ちよすぎますぅううっ」

あまりの快感に、光雄は大きなよがり声を漏らしてしまった。

なんといっても魅惑的な人妻の白く細い指が、ペニスの先端部分をヌルヌル這い回っているのだから無理もない。男根全体が、自分の手や指でさわるのとは比べものにならないほど、甘美な心地よさに包まれていった。

しかも指による二種の愛撫は激しくなったり、やさしくなったり自在に変化する。次にどんな刺激がくるのか、まったく読めないのだ。光雄は一切をゆだね、息を詰めたり呻《うめ》き声を漏らしたりしながら、もたらされる快感に身をまかせた。

「ふふふ、悶《もだ》えてる表情が可愛いわ。光雄くんて、とっても敏感なのね」

早紀さんは、上目遣《うわめづか》いで光雄を見つめて言った。

「だって、あの、しごかれたり、弄《いじ》られたりすると……はうううううっ」

竿部分をシェイクされるだけで太ももが軽く痙攣《けいれん》し、亀頭への刺激で足の裏が熱くなるのだが、もちろんそれだけで済むわけがない。

「どうなるの？」

「うっく。すぐに、イッちゃいそうになります」

「じゃあ、イクときは教えてね」

嬉しそうな笑みを浮かべ、人妻は亀頭を弄《もてあそ》び肉幹をしごき続ける。

「あっ、はい」

なんとか答えたもののもう我慢の限界で、兆《きざ》しどころか堰《せき》を切ったような勢いでスペルマの激流が迫ってきてＰＣ筋をいくら締めても無駄だった。

「あっ、あの、も、もう駄目だっ、出る、出る出る出るぅううううっ」

光雄は叫びながら、ビュルル、ビュルルと人妻の手の中に精を放った。身体を硬直させ、何度も続く脈動《みゃくどう》を味わう。まったくもって、声をこらえることができきないほどの快楽だった。

「うああ、出てる、おう、おうっく、また、まだ出てます」

快感の大波が、腰の奥から寄せては引く。そのたびにフラッシュが焚《た》かれたときのように目の前が真っ白になり、太ももの震えが止まらない。頭の中が空洞になったようで、何も考えられなかった。

「ふふふ、面白い。光雄くんって、実況中継しながら喘《あえ》ぐのね」

早紀さんはイチモツの尿道部分を強く押さえ、根元から裏スジまでしごくようにして精液を搾《しぼ》り出した。

「はああ、若いからかしら？　ものすごく濃いの。栗の花の匂いだわ」

人妻はうっとりした表情で、手の平に溜まったザーメンの匂いを嗅いだ。そして、手コキによる射精の余韻《よいん》で呆《ほう》けている童貞大学生に声をかけた。

「光雄くん、先にシャワーを浴びてて。わたしもあとから行くから。ここのお風呂、ミストサウナが付いているんだって」

頷《うなず》いた光雄は、覚束《おぼつか》ない足取りでバスルームへ向かった。

3

ジャボジャボと、バスタブに水が溜まる音が聞こえる。浴室全体は、温かい霧《きり》に包まれていた。

ミストサウナと言われても、光雄には意味がわからなかった。けれどシャワーを浴びているときに、早紀さんが室外スイッチを入れたらしく霧が噴出されたのだった。

今は目の前に、椅子に座った早紀さんの真っ白い背中が見える。光雄は、背中を流して欲しいと頼まれたのだ。霧の中に全裸の人妻がいるという、とても幻想的な光景だった。

シミ一つない綺麗な白い肉で、張り出している肩胛骨《けんこうこつ》と背骨に沿った窪《くぼ》みが美しい。ウエストは、流れるようなくびれラインを作っている。そのうえ、腰のところにえくぼみたいなものが見えた。

その下にムッチリと張った、巨大に熟れた水蜜桃《すいみつとう》のような尻がある。首筋から背中、臀部《でんぶ》に至るまで、薄く油を塗ったように柔肌がヌラヌラと光り水滴を弾いていた。その眩《まぶ》しいまでの妖《あや》しい色香は、上等なワインのように光雄を酔わせてくれる。

早紀さんは肌が弱いらしく、いつもタオルやスポンジを使わずに、泡タイプのボディソープを塗った手で直接洗っているそうだ。

(ああ、これが女性の生肌なのか)

光雄は手を伸ばし、早紀さんの肩に触れた。アップでまとめた髪の、襟足《えりあし》辺りからフェロモンが漂ってくる。両手にたっぷり付けたボディソープの泡を、肩から首筋に塗り込みながら、マッサージするように揉みほぐした。

「うふんっ、気持ちいいわ」

「本当ですか、嬉しいな。どうすればもっと気持ちよくなるのか、教えてください」

「はああ、いい心掛けね。とりあえず、焦らないで今の感じを続けて」

早紀さんは甘い吐息を漏らす。もっと気持ちよくなってもらおうと、光雄は精《せい》魂《こん》込めて優しく揉んだ。肩だけでなく、腕も揉みほぐし肩胛骨と背骨の間辺りにあるツボも刺激した。

(小学生の頃に、おばあちゃんの背中を揉んだ経験が、こんなふうに役立つとは

思わなかったな）

などと思いつつ背中全体にボディソープの泡を塗《ぬ》り終え、背骨ラインのツボを一つ一つゆっくり腰のあたりまでマッサージしていった。早くセックスがしたいという気持ちを抑えつつ、ひたすら手指を動かし続ける。

手コキで一度射精したけれど、ペニスは萎《な》えることなくずっとフル勃起状態だ。フェロモン漂う人妻の肌をさわっていると、欲情エネルギーが増すばかりなのである。

（このまま抱きついて、うしろから美乳をワシワシ揉んでしまいたい）

光雄がそんな衝動に駆られたとき、早紀さんはクルリと振り向き微笑んだ。

「そろそろ、前も洗ってくれる？」

「わわわっ。は、はい」

光雄の目の前に、高濃度ミルクみたいな質感の肌が広がった。そして、推定Dカップのお椀《わん》型の乳房に目が釘付《くぎづ》けになった。

ミルクティー色の乳暈《にゅううん》はホットケーキのようにプクッと膨《ふく》らんでおり、中心にある陥没《かんぼつ》気味の乳首がキュートだった。

「オッパイを、弄りたいんでしょう？」

早紀さんの問いに、光雄はゴクリと生唾を呑み込みながら頷いた。

「は、はい。どうさわれば感じるのか、教えてください」

「まずいきなり強く揉んだり、乳首をこねくり回したりしないこと。最初は胸全体を、ゆっくりやさしく撫でたり揉んだりして」

人妻の言葉に従い、光雄はボディソープの泡がついた両手を、ゆっくりと手の平サイズの美乳に近づけていった。

「こんな感じで、大丈夫ですか？」

そっと撫でてから、手の平全体でたわわな胸の実りを包み込む。ずっしりと身の詰まった重みを感じる乳房だった。柔らかいのに張りがあって手に吸いついてくる。まるでつきたての餅《もち》のようだった。

初めてさわるナマ乳の感触に感動しつつ、光雄はもっと敏感な場所を愛撫して早紀さんをよがらせてみたくなった。

「せ、性感帯の乳首は、いつさわればいいんですか？」

「あのね、光雄くん。確かに乳首は性感帯だけど、ただそこをさわれば感じるというわけじゃないのよ」

「わかります。やっぱり、テクニックが重要なんですよね」

ＡＶやインターネットで、それなりに研究したつもりである。その成果を、現実で試してみたかった。

「ううん。それは二番目。一番大切なのは、さわってほしいって女に思わせること。その気になっていないときにさわられても、イラッとするだけなの」

「あっ、なるほど」

光雄にとって、目からウロコだった。当たり前のことだが、脳が性的に興奮しているときに刺激されるから感じるのである。性感帯を攻略するテクニックばかり磨いたところで、相手が興奮していなければ全く意味がない。

「それとね、女の乳首ってたいていは男が思ってる何十倍も繊細なの。だから恋人ができてエッチするときは、微弱の刺激を意識してあげてね。もちろん、強く弄られるのが好きな子もいるけど。とにかく、強弱の好みはその都度相手に聞くことが大事。セックスはコミュニケーションだから、一方的な押しつけになってないか確認したほうがいいわよ」

人妻のアドバイスに、光雄は大きく頷いた。そしてヤワヤワと美乳を揉むのに熱中しながら、陥没気味の乳頭を中指でゆっくり円を描くように弄んだ。

とりあえず、豆腐の角を崩さないくらいの加減で早紀さんの様子を窺《うかが》う。

「あうんっ、光雄くん。上手よ、とっても気持ちいいわ」

人妻が呻くと同時に、ムクムクと乳首が勃起し始めた。自分の拙《つたな》い愛撫によって、エロボディな年上女性が感じていることに光雄は感激した。

しばらく焦《じ》らすように乳暈を撫でていたら、早紀さんは硬くなり始めた乳首の可愛がり方を指示してくれた。言われるままに、しこってきた乳首を指でつまんでこねたり、側面を爪でカリカリと掻《か》いたりした。

すると早紀さんは「ふぅんっ、あっ、うっ、ああっ」と喘ぎ、顎《あご》を上げ白い喉を露わにした。上半身全体が、ビクンビクンと揺れていた。

（うおおっ、もっと乱れさせたい……）

光雄は人妻の身悶《みもだ》える姿が悩ましくて、乳首を舐めたりしゃぶったりしたくなった。しかしすぐさまむしゃぶりついたら、口の中がボディソープまみれになってしまう。

シャワーで洗い流せばいいのだけれど、せっかく感じ始めた早紀さんをしらけさせてしまったら元も子もない。そういうもどかしさを味わいながら、生まれて初めての乳房と乳首への愛撫を続ける。

愛撫されている人妻も気持ちよさそうだが、美乳をさわっている光雄の手と指も気持ちいい。いつまでも揉んでいたいと思いつつ視線を下げた。

早紀さんはギュッと閉じた太ももの間に両手を挟《はさ》み込《こ》んでおり、腰全体をクネクネと悩ましげに動かしている。

逆三角形に整えた漆黒《しっこく》のヘアで覆《おお》われているビーナスの丘はとてもエロティックで、光雄はもっと奥にあるワレメや秘密の花園も覗いてみたくなった。

クリトリスは、もう大きくなっているのだろうか、ヴァギナは濡れているのだろうかと、気になってしょうがない。

もちろん愛撫もしたいけれど、泡だらけの手でさわっていいものかわからない。

すると突然、早紀さんが前かがみになって光雄の耳元で囁《ささや》いた。

「わたしね、もうすごく濡れてるの……」

早紀さんに手を取られて、ワレメに導かれた。

（わわわっ、すごい！）

手の平で花園全体を覆うと、淫裂《いんれつ》はすでに蜜液でヌルヌルになっているのが一瞬でわかった。

しかも泡のついた指で大陰唇を撫でたらツルツルだった。脱毛処理をしているのか、Iラインには陰毛がまったく生えていないようだった。

膣《ちつ》の中に指を入れたり、クリトリスをさわってもいいのだろうかと逡巡《しゅんじゅん》していたら、人妻は童貞の耳の穴に熱い息を吹きかけてきた。

「はああんっ、光雄くん。わたし、もう我慢できなくなってきたわ」

「えっ、何がですか?」

「気持ちよくなるとね、これを……」

早紀さんにビンビンのピンクバナナを摑まれる。

「お口で可愛がりたくなるの……」

そう言った早紀さんに促《うなが》され、光雄はバスタブの縁《へり》に腰を下ろした。

(信じられない。早紀さんに、フェラチオをしてもらえるなんて、夢みたいだ)

童貞大学生は、人妻の唇が亀頭に近づいてくるの見つめていた。下腹の奥で淫らな期待と欲望が渦巻《うずま》いて、蟻の門渡り辺りがキスのときよりも激しく疼いた。

辛抱たまらず括約筋《かつやくきん》をキュッと締めると、ペニスが揺れ尿道口からカウパー氏腺液がドクリとこぼれた。

「ああん、本当に元気ね」

早紀さんはうっとりした表情で尿道口にチュッと吸いつき、新たに滲《し》み出《で》たカウパー氏腺液を舐め取った。それから、たっぷりの唾液にまみれた舌を出して、ペロリペロリと裏スジ部分を執拗《しつよう》に嬲《なぶ》った。

（くうううっ。指よりもまろやかで、すっげえぞ）

光雄は一切をゆだねて、もたらされる快感に没頭した。さらに早紀さんが亀頭を咥《くわ》えると、淡い快感が光雄の身体中を循環《じゅんかん》していくのだった。

陰茎《いんけい》の先端が生温《なまあたた》かい唾液と口腔粘膜に包まれ、悪戯《いたずら》な舌がチロチロと敏感な部分をくすぐるように這いまわっていく。

尿道口から裏スジ、カリ表やカリ首全体を嬲られているうちに、淡かった快感は、あきれるほど濃いものに変化していく。

そのうえ、肉竿を咥えた柔らかい唇の感触も素晴らしい。ゆっくりとやさしくしごくように動かされると、もっと強い刺激を欲しがって玉袋がキュッと引き締まった。早紀さんの口唇愛撫は、じつに巧みだった。

（やはり人妻だから、年上の旦那さんに仕込まれたってことなんだろうか）

などと考えるとやけに背徳感を煽《あお》られ、どんどん興奮が高まっていく。

「あううっ。早紀さんの口の中、最高に気持ちいいです、うっ、うううっ」

光雄の言葉に頷いた人妻は、肉棒を根元まですべて咥え込んだ。苦しくないのだろうかと心配しつつ、喉奥まで吸い込まれていくような動きで、亀頭がこねられる感覚が新鮮だった。

そして早紀さんはまた、ゆっくりと出し入れの動きを始めた。すぼめた唇が愛らしいので、思わず見つめてしまう。

いつの間にか口腔内は真空状態で、今までよりも粘度《ねんど》の高い唾液にまみれていた。滑らかな舌が、裏スジに沿ったペニスの底全体をヌルヌルと刺激してくる。

光雄は、脳ミソが溶けそうになるほどの快感を味わっていた。とても淡い快さなので、余すところなく受け取りたくてPC筋をギュッと締める。

そうやってスライドする唇と舌の心地よさに酔っていたら、人妻は上目遣いの卑猥《ひわい》な視線で童貞大学生を見つめてきた。まるで「気持ちいい？」と問うているようだった。視線が合った瞬間、光雄は急激な射精感に襲われた。

「早紀さん、ヤバいです。このままだと、また出ちゃう」

玉袋がキュッと縮んで、睾丸がクンッと引《ひ》き攣《つ》る。下腹の奥で渦巻く欲情のマグマは激流となって、大波のようにうねりながら出口へ向かっていく。

人妻は「いいのよ」とばかりに数回頭を上下させた。その瞬間、稲妻のような快感が童貞大学生の下腹部から脳天に突き抜けた。

「んくっ、んんんんんんっ」

光雄は息を詰め、身体全体を硬直させながら、ビュビュッと精を放った。すると早紀さんは、射精直後の敏感な亀頭部分だけを、舌で愛撫し始めた。おそらく唾液と混じり合った精液が、口腔内で亀頭全体にまぶされていく。

カリ表やカリ首部分、もちろん裏筋にもヌルヌルの舌が這い回った。その愛撫で光雄の全身に、延々と続く絶頂快感のような強烈な刺激が乱反射する。

「おおう、うううっく、くふぅううううっ」

光雄は身をよじって悶え続けた。何故か寂しくて、早紀さんに触れていないと、自分の身体がどこかへ吹き飛んでしまいそうな気がした。

4

ベッドに移動してから、フェラチオのお返しというわけではないが、クンニをしてみたいと光雄は頼んだ。

全裸で仰向《あおむ》けに寝た早紀さんは膝を立て、陰部が見えやすいように大きく足を開いてくれた。

光雄は人妻の花園に顔を近づけ、ドキドキしながら生唾を飲み込んだ。ふっくらしたビーナスの丘に密集する早紀さんの黒々としたヘアは、あまり縮れておらず濃い目で少し逆立《さかだ》っていた。

その下には、ジューシーでムッチリプリプリの生牡蠣《なまがき》のような、美味そうな女性器が見えた。

ネットで検索した画像や映像では何度も見ているが、やはり目の前にあるナマのヴァギナは圧倒的にエロティックだ。どんな匂いがするのだろうかと嗅いでみたが、シャワー直後だからか無臭だった。

「すぐに舐めちゃ駄目よ。最初は太ももを撫でたり、付け根の部分とか周辺を舐めたりして焦らしてちょうだい」

早紀さんによる、クンニリングスのレッスンが始まった。

「はい、わかりました」

光雄は、すぐにでも味わいたかったが、ぐっと我慢してスベスベした内もものスロープに指を滑らせる。膝から股の付け根まで、ゆっくり撫でてまた膝に戻るという往復運動を何度か繰り返した。

柔らかくて温かい、湯上りの女の肌に触れる心地よさが、指先から全身を巡り酒の酔いとはまた違う多幸感に包まれる。

「はぁあ、はぁああああんっ」

早紀さんは身体をビクンッと震わせ、切なそうな溜息《ためいき》を漏らした。それを聞いて、ペニスがドクンと脈を打つ。

手コキとフェラチオで二回も射精したのに、若い童貞の男根は硬度を保ったままだった。早紀さんをもっとじっくり可愛がりたいという気持ちが、海綿体《かいめんたい》に流れ込んで勃起をもう一段階高めているようだ。

だからもちろん、まだ女性器にはさわらない。ただひたすら、内ももを撫でて焦らした。クリトリスやヴァギナなど敏感な部分は、もっと周辺を愛撫してから最後の最後に刺激することにした。

「身体を洗ってもらっているときにも思ったけど、光雄くんの撫で方はいい感じのフェザータッチで、とても上手ね」

早紀さんに褒められると、男としての自信がつくような気がした。

「本当ですか、嬉しいなあ。でもぼくの指も、早紀さんの綺麗な足をさわってるだけで幸せなんです。だって、スベスベの肌がメチャクチャ気持ちいいですから」

言葉だけでなく気持ちも指先から伝わってほしいと、感情を込めてときどき際どい部分を狙う。大陰唇、蟻の門渡り部分を指先を使って、羽毛《フェザー》タッチで撫でた。

「ふぅううん、くふぅううううん、あぅううううん」

年上の人妻が醸し出す、甘えるような切ない吐息が耳に心地よい。

(可愛いよ、もっといっぱい感じさせてあげたい！)

光雄は、念じながら愛撫を続けた。すると早紀さんは焦れったそうに腰を少し浮かせて、クネクネ揺らしながら催促《さいそく》してきた。

「そろそろ、舐めてもいいわ。最初はゆっくりやさしく、光雄くんが好きなように可愛がってみて」

童貞大学生は腹這いになって、唇と舌を女性器に近づけた。

(あれ？　さっきまで無臭だったのに……)

花園からは、百合《ゆり》に似た濃厚な香りがした。

(もしかしてこれは、早紀さんが欲情し始めたときの匂いなのかも)

さらにクリトリスは、包皮を持ち上げ半分剝《む》き出《だ》しになっているのがわかった。

だがその下の、充血してぷっくり膨らんだ小陰唇は、まだ閉じたままだ。

けれど隙間から透明な蜜液が溢れ、アヌスまで銀色の糸のように光を反射していた。

光雄は淫裂に舌を差し入れ、トロリとした蜜を舐めとって味わう。小陰唇とデイープキスをしている感覚だった。

ふたたび、百合の花のような濃厚な香りが鼻に抜けた。肉の花びらを開くように舐め続けるとピチャッ、ピチャッという淫音が部屋中に響いた。

いきなりクリトリスを舐めないのは、早紀さんに焦らしてと言われたからだが、光雄は好きなものを残しておいて最後に食べるタイプだからでもある。

「はあぁ、やだ、いやらしい、エッチな音がするぅ」

人妻は、太ももをプルプル震わせながら悶えた。恥ずかしがっているような言葉とは裏腹に、早紀さんは自ら両足を持ち上げ、赤ん坊がオムツを換えるときのような格好になった。

光雄はもっと大胆に舐めたくなり、蟻の門渡りから肛門まで、濡れ光っている部分の花蜜もすべて舌でペロペロ舐め取った。さらに花園から少し顔を離して、じっくり観察しながら熱い息を吹きかける。

「うっ、あはぁ……ぁあああん」

早紀さんの悩ましい吐息と一緒に、ヴァギナとアヌスがキュッとすぼまる。あまりにも可愛らしいので、チュチュッとキスした。

排泄器官の皺《しわ》まで、舌先で丹念に舐めた。肛門周辺を刺激していたら、蜜壺からまた新しい愛液が湧いて溢れる。たまらずに啜《すす》りながら、舌で淫裂全体をなぞってみた。

「くっ、はぁあ……はあっ……はぁああっ……」

息を荒らげる早紀さんは、ベッドに手をついて上体を起こし、目を潤ませポーっと上気したような表情で光雄を見つめてきた。

「クリトリスを舐めてもいいですか？」

目が合ったので光雄が問いかけると、早紀さんは頷いた。

「最初は下の方からね。クリの下部分とビラビラの始まりの境い目辺りかな。そこがとってても感じるの。ペニスでいうと裏スジみたいな感じで……」

「わかりました」

いよいよ、クリトリスに取り掛かる。

(うおおっ。さっきよりも大きくなってるし、かなり剝き出しになってるな)

焦らされ続けた肉色の真珠は、パンパンに膨らんでおり、もう待ちきれないとばかりに包皮からピンク色の頭を覗かせていた。最初はクリの下部分と、ビラビラの始まりの境い目辺りに舌をあてがい、横に動かして様子を窺った。

「い、いゃあぁあんっ」

早紀さんは、切なげで粘《ねば》っこいよがり声を発して反《そ》り返《かえ》った。

（うおぉ、効果絶大だな）

光雄は平たく伸ばした舌で、ペロリペロリと犬のように淫ら豆を舐め上げた。

「うぐ、あっ、うふぅう、ひっ、おおうっ、くはっ」

早紀さんの呼吸は、ひと舐めごとに不規則に変化し、身体をよじりながらブルブルと震わせた。だがしばらくすると、刺激に慣れてしまったようで反応が鈍《にぶ》くなってきた。

「次はね、クリちゃんを舌先でトントンってノックしてみて」

言われた通りに舌を尖らせ、啄木鳥《きつつき》のように突いてみる。

「あっ、あっ、あっ、あっ」

途端に、早紀さんの喘ぎ声が甲高《かんだか》く断続的なものに変化した。

（ひとつ、ふたつ、みっつ……）

光雄は心の中で数えながら、舌先でクリトリスを突き続ける。

五十回に達した頃、早紀さんはつま先を立てて快感を受け止めていた。なんとなく下肢《かし》全体が、ピンッと引き攣ったみたいだった。

（ちょっと、変化をつけてみるかな）

光雄は突かずに舌で肉芽を押さえ、顔を振って微細なバイブレーションを加えてみた。すると、早紀さんは身体の力を抜きながら催促してくる。

「うふぅううううんっ。それ、き、気持ちいい、も、もっといっぱいしてぇ」

どうやら、大変お気に召していただけたようで、人妻の敏感なクリトリスは、わずかな刺激ものがさず感じ取ろうとしているようだ。

「はぁ、はぁあん。うふん、すごく、いいっ。足の裏がジンジンするのぉ」

感じている時の早紀さんは、普通に会話しているときよりも甘ったれた、とても可愛い声なのが新鮮だった。

「お願い、クリちゃんをチュッて吸いながら舐めてぇ」

さらに早紀さんは腰を浮かせて、光雄の唇と舌を求めてくる。微細なバイブレーションだけではもの足りず、より強い刺激を欲しているらしい。

光雄は、包皮ごと陰核に吸いつき口に含んだ。さらに円を描くように舌を動かし、剝き出しの肉豆をマッサージする。つまり、啄木鳥から蛸《たこ》へと早変わりした。

(このクニュクニュした感じは、何かに似ているよな。あっ、そうか)

嚙み切れないホルモン焼きを、口の中で延々としゃぶりながらハイボールを吞んでいる感じを思い出した。なんとも唇や舌が、総じて口の中全体が気持ちいいのだ。

「ううぅっ……うくっはああ……くはぁああっ……ひっ」

早紀さんは、回転する舌の動きに合わせて呻き、腰をくねらせた。光雄は一瞬、口を離して起き上がり早紀さんを眺《なが》める。年上の人妻は恍惚《こうこつ》の表情で目を閉じ、クリトリスを吸われ舐められる快感に浸《ひた》っていた。

（AVで観た三点攻めを試してみたいな）

光雄はソロリソロリと両手を伸ばして、推定Dカップの美乳をやさしく包んだ。そしてジワリジワリと、少しずつ力を入れて揉む。柔らかくて、芯《しん》がある乳房の弾力が伝わってきた。

しばらくの間、肉豆を舌で転がしつつ両手で乳房を揉んでいたら、手の平にコリコリしたものを感じた。間違いなく、硬くなってきた早紀さんの陥没乳首である。

バスルームで教わったことを思い出し、親指と人差し指で乳首を挟んでキュッ、キュッと緩急をつけてつまむと、人妻は艶かしく悶えた。

「あっ、あうぅっ、いやらしい、ああっ、すごくいやらしいさわり方だわ」

両乳首とクリトリスの三点攻めがたまらないのか、早紀さんは身体全体をクネクネと揺らした。

舌とクリトリスが奏《かな》でる「ヌチョ、クチュウッ、チュププッ」という淫靡な音と「んぁあぁんっ、あはぁあんっ、はぁあうぅん」という早紀さんの喘ぎ声のハーモニーが室内に響いた。

まるで、言葉ではなく身体で会話をしているみたいだった。だから舌と指先の力加減を変化させて、もっと深くコミュニケーションを取りたかった。まずはとてもソフトに、舌先だけでクリトリスをねぶる。

「くぅーん、いいわ、続けて、くぅーん、くぅーん」

早紀さんは子犬のようなよがり声を上げながら、もっともっとと、おねだりの腰つき。光雄は充分にレスポンスしてから、乳首を少し強く何度も指で弾く。

「あっ、あうっ、あうぅっ、うっ、それも感じるぅ」

人妻の切羽詰《せっぱつま》った呻きに、ギュッとシーツを摑む音も加わった。光雄はそのまま、再度クリトリスに強く吸いつき三点攻めを決行した。

「いやっ……あぁんっ、いやぁっ、あああぁん」

言葉とは裏腹に早紀さんは、太ももで光雄の頭を挟んで離さなかった。

(もしかして早紀さん、イキそうになっているのかな?)

光雄は生まれて初めてのクンニで、人妻を絶頂に導けるかもしれないとドキドキしていた。三点攻めを続けると、早紀さんは太ももの締めつけを強めたり緩《ゆる》めたりを繰り返した。

「うぁんんっ、んんっ、んんっ……イッ、イ、キそうになってきたっ」

早紀さんは、乳首を弄っている光雄の両手に自分の手を重ねた。やがて性感の昂《たかぶ》りに合わせるかのように、握力が徐々に強くなっていった。

さらに硬度が増してゆくクリトリスをチューチュー吸い、たっぷりの唾液を乗せた舌でグリングリンとこね回した。

「だ、だめっ、あああっ、イ、イクイクッ……イッちゃうぅうんっ」

早紀さんはブリッジをするように、腰をグイッとせり上げ、太ももをビクビク痙攣させた。そして、身体全体を数秒間硬直させてから、糸の切れた操り人形のようにガクンッと脱力した。

光雄は、クンニで人妻をイカせたという達成感に浸っていた。

5

早紀さんは呼吸を整えながら、オーガズムの余韻《よいん》に浸っていた。

「光雄くん、膣に指を入れてみて」

たっぷりの女蜜が溢れているヴァギナに右手中指をあてがうと、入り口がイソギンチャクのようにグニグニと蠢《うごめ》き、あっという間にニュルッと第一関節まで呑み込まれた。

「わかる？　膣口が吸い込む動きをしたら、挿入してほしいってサインよ」

「すごいや。これって、早紀さんが名器だからですか？」

「さあ、どうかしら。それより、動かしてみてちょうだい。えっとね、最初のうちは、ゆっくり指を出し入れして。深いところじゃなくて、浅いところが感じるから。そうね、入り口からせいぜい二、三センチくらいのところかな」

「あっ、はい」

光雄は、返事をして指を動かした。まとわりつく膣肉が、たまらなく気持ちいい。もしもこれが指ではなくペニスだったら、いったいどうなってしまうのだろう。などと、想像するだけで海綿体に血液が流れ込み、肉棒の硬度がさらに増した。

「今、早くオチンチンを入れたいって思ったでしょう？」

「えっ、わかるんですか」

「だって、光雄くんの顔に書いてあるんだもの。うふふ、そろそろ入れてもいいわよ」

「じゃあ、準備します」

そう言って光雄は、ヘッドボードにあるコンドームが入っている小さな籠《かご》に手を伸ばした。

「あら、避妊のことを考えるなんて優秀ね。でも、今日は着けなくても大丈夫よ」

「えっ、どうしてですか？」

「ピルを呑んでいるから」

「そ、そうなんですか」

いつでもカジュアルに、セックスができるようにしているのだろうか？

「ピルはね、生理不順を調整するために飲んでるの。生でセックスするためじゃないわよ」

「避妊以外の使用目的があるなんて、初めて知りました」

光雄は改めて仰向けに寝ている早紀さんに、正常位のポジションで覆い被《かぶ》さる。両膝をついて身体を前傾させ、両手は人妻の腕の外側に置いて体重をかけないようにした。

(ついに、人生初挿入の瞬間を迎えるんだ!)

そう思いつつ、クンニや指入れで位置の目安をつけてあるヴァギナに、狙いをつけ腰をぶつけた。だが、まったく上手く挿入できなかった。

童貞のペニスは、濡れた淫裂の上側を滑ってクリトリスを擦《こす》ったり、下側に滑《すべ》ってアヌスに入れそうになったりした。

(いかん、どうすればいいんだ?)

あたふたしていたら、見かねた早紀さんが肉棒を握って、タートルヘッドを膣の入り口まで導いてくれた。

「こうやって、手を添えて入れればいいのよ」

「そ、そうですよね」

光雄は、亀頭が熱くヌルヌルした洞窟《どうくつ》にめり込んでいくのを感じた。そして腰を少し前方に進めるだけで、オスの欲望器官がズブズブとメス器官の中にすべて埋まっていった。

「うはぁ。すごいや、全部入っちゃった」

入れたくてしょうがなかった場所に、やっと入れることができてメチャメチャ嬉しかった。

「うふん、最初の十秒は動かさないでね」

早紀さんはそう言って、手を伸ばして光雄の頬をやさしく撫でた。

「わかりました。でも、どうして？」

「お互いの性器が馴染《なじ》んで、気持ちよくなれるからよ」

人妻の言葉に、光雄は頷いた。挿入したらすぐにピストン運動をするものだと思っていたが、男性自身にまとわりついてくる温かくて柔らかい女性器の感触に集中した。

「むうう。なんだか、細かく動いてるんですけど」

光雄は男根全体で粘りつくような甘い愛液のぬめりと、ヒクヒクと蠢くヒダの震え、さらに波状に揺れる膣肉のうねりを味わっていた。

「クリでイッたあとは、勝手にそうなるらしいの。別に自分で動かしてるわけじゃないから」

「意図的に動かすと、どうなるんですか?」

「うふふ。そうねえ、こんな感じ」

最初は、膣口がキュキュッと締まった。次に肉棒全体が狭くなったヴァギナにギューッと圧迫され、最後にパンパンに張って、感覚が鋭敏になっている亀頭をムニムニと可愛がるのだ。

生まれて初めて味わう人妻の女陰は、手コキやフェラよりも複雑で素晴らしい快感を与えてくれた。

「わわわっ、気持ちいい。いったいどんな風に力を入れてるんですか?」

光雄の動揺に、早紀さんは微笑んだ。

「言葉じゃ、上手く説明できないわ。お尻の穴を締めたり、おしっこを止める筋肉とか、内ももや腹筋とかをミックスさせてる感じかしら」

「すごいです。あっ、あうう、ぼく、もう……」

「もしかして、またイキそうになってる?」

「は、はい」

ペニスを挿入しただけで、まったく動かしていないにもかかわらず、すでに射精したい欲求で亀頭が爆発しそうになっている。ほんの数回ピストン運動するだけで確実に漏らしてしまいそうなのだ。

「すごいなあ、三回目よね」

早紀さんは言って、光雄の尻に両足を絡めてきた。

「これってやっぱり、早漏《そうろう》すぎますか？」

光雄は射精するよりも、セックスそのものをもっと楽しみたかった。だが快感は熱い塊《かたまり》となって、ペニスの先端と根元を振り子のように行ったり来たりしながら出口を探しており、もう限界だった。

「うああ、出ちゃう」

早漏かどうかの答えを聞く余裕もなかった。

「うんうん、我慢しないで出していいのよ」

早紀さんは、光雄の尻に両足を絡めたまま、下から腰を強く押しつけてきた。

「ご、ごめんなさい！」

ふぐりに溜まった精気の塊が弾け、強烈な射精感を伴いスペルマが人妻の膣内へと噴射されていった。光雄は目を閉じ全身を痙攣させ、数回の脈動に耐えつつ、快楽の海に潜り漂った。

だが本日三回目なので、快感は薄く時間も短めであった。光雄が呼吸を整えつつ目を開けると、早紀さんが背中をやさしく撫でながら訊いてきた。

「どうして、ごめんなさいなんて言ったの？」

「だって男はセックスで女をイカせなきゃいけないのに、挿入して一分も持たずにイッてしまったから」

いつも観ているAVでは、女優が前戯や本番で何度かオーガズムを迎えたあとに、男優が射精するというのが定番であった。だから、男が先にイクのは御法度《ごはっと》だと思っていた。

「ふーん。でも逆にね、女にも男をイカせたいって願望があるのよ。光雄くんにとって私が初めての相手なんだから、むしろ早くイカせられたことがうれしいの」

「えっ、本当ですか？」

「うん。だって、私の性器が気持ちいいって証拠でしょう。むしろ、初めてのセックスでいつまでもイカないほうが傷つくと思うわ。特に若い女の子は、わたしのせいかしらって悩んでしまうかもね。それにセックスでイケない女の子にとっては、挿入行為って好きな男の子に喜んでもらう意味が大きいの」

「なるほど、勉強になります」

目からウロコである。

「でも、ずっと毎回先にイカれちゃったら問題かも。だけどこれからセックスに慣れていけば、我慢できるようになると思うよ」

「早紀さんにそう言ってもらえると、希望が持てるし安心できます」

「そもそも光雄くんは、絶倫の早漏でしょう。賢者タイムもなくて、三回イッたのに、ずっと硬いままなんだから、女にとってはかなり嬉しいものなのよ」

人妻は腰を浮かせ、円を描くように動かし始めた。恥丘《ちきゅう》を押し揉みしつつ、奥まで入っている肉棒でヴァギナを掻き混ぜているみたいだった。

「いい感じ、このまま続けてできそうね」

早紀さんの言葉に光雄は頷いた。

「はい。出したばっかりだから、さっきより長持ちしそうな気がします」

ジューシーな膣肉で亀頭をこね回され、肉竿部分も微妙にしごかれているのだが、射精に向かうのとは違うベクトルのジワジワした快感に包まれていく。

「そろそろ、動いてもいいですか？」

光雄が訊くと、早紀さんは浮かせた腰を下ろした。

「じゃあ、Gスポットを攻めてもらおうかな。まずは……」

人妻の指示に従い、光雄は上体を起こして膣口から数センチの浅い部分を攻めることになった。男根の半分くらいを使って、カリ表でヴァギナのお腹側をゆっくり撫でる要領のピストン運動である。

「ちゃんと、Gスポットに当たってますか？」

「あん、いい感じよ」

「なんか、早紀さんて、すごく穏《おだ》やかに感じているんですね」

「変かしら？」

「意外です。Gスポットを突くセックスって、激しくて切羽詰ったイメージだったから」

Gスポットはクリトリスよりも、大きくて深い快感を醸し出すと思っていた。Gの攻め方をマスターすれば、セックスにおける必殺技を得ることができる気がしていたのである。

「それはAVの影響かもね」

「女優さんたちは、みんな我を忘れた演技をしているのかなあ？」

「どうだろうね。女優さんはともかく、わたしはゆっくり穏やかに感じている状態が好きだけど、激しいピストン運動で我を忘れるのが好きな女の子もいると思うよ」

「人それぞれ、なんですね」

「光雄くんは、こういう穏やかなセックスをどう思うの？」

「初めてだから、驚くことばかりです。そもそも、セックスをしながら会話ができるなんて思ってなかったし。オナニーのときは射精に一直線だけど、セックスは繋《つな》がっていること自体が気持ちいいんですね。ジンワリと気持ちいいのが延々と続くっていうか、一体感というか……」

三回の射精を終えているうえに、抜かずの挿入なので落ち着いて動かすことができた。しかもメインに刺激されるのがカリ表なので、射精を誘発しにくいような気もした。

「んふふ、なかなかいいことに気づいたわね。その考え方って、早漏を治すコツらしいわよ。あとね、もっと長持ちさせたいなら、イキそうになったら一度動きを止めて、キスしたりオッパイを愛撫する方法もあるわ」

「挿入したままイチャイチャって、気持ちよさそうですね」

セックスは奥が深いものだと、しみじみ感心した。もちろんあとで試してみたいし、いつか恋人ができたときには絶対に応用したくなった。

そんなふうに思いつつ、スローで浅いピストン運動を続ける光雄に、早紀さんは妖しく微笑んだ。

「それからわたしの場合、Gスポットをペニスで擦《こす》られながら、指でクリトリスを可愛がられると、ものすごく気持ちよくなれるの」

「あっ。だったら、ぼくにさわらせてください」

「でも方法が複雑だから、最初は自分でするね」

早紀さんは淫裂に手を伸ばし、クリトリスの包皮を二本の指で挟んで上下にスライドさせる。ピンク色の肉真珠が剝き出しになったり、包皮に隠れたりというひどくエロい光景だった。

「こうやって弄っているうちにね、クニュクニュの皮の中にある、コリコリしたクリちゃんがどんどん大きくなるの。そうしたら、皮を剝きっぱなしにしてね、もう片方の手の指でクリちゃんを左右を激しく、うあぁあんっ、弄るのが好きなのよぉ、おおうっ、うっふ」

早紀さんはよがりつつ、陰核の取り扱い方を説明してくれた。そして、同時に膣内が狭くなっていく。膣肉がうねって肉ヒダが震えながら締まるので、裏スジ辺りまでもが気持ちよくなってきた。

「うっく、早紀さんの中がすごく動いてるから、またイキそうになってきました。

どうしよう、ピストン運動を止めて密着しようかな。でも、イッてもまだ硬いまんまだと思います。ぼく、一日に十回くらいオナニーしたことがあるし、そのときは五回くらいずっと勃起したままだったから。あの、抜かずの三発とか、挑戦してもいいですか？」

「いいわよ」

人妻が苦笑しながら了承したので、スローなピストンを続け四回目の射精を決行した。

「うくっ、うぐぐぐぐっ」

吐精《とせい》の瞬間は、オスの欲望器官をグッと膣奥まで押し込んだ。数回の脈動と苦しさ混じりの快感はあるが、もう精液はほとんど出なかったようだ。

「もう、本当に気持ちよさそうな表情でイクのね」

早紀さんに言われ、光雄は思わず照れた。

「そうですかね。あっ、またGスポットを擦るピストンに戻りますか？」

「ううん、奥に入れたままでいいわ」

「わかりました」

光雄が恥丘を密着させると、早紀さんは下から腰をゆらゆら揺すってきた。

「それにしても、一日に十回オナニーってすごいわね。しかも、五回は勃起したままなんて……」

「でも女の人だって、オナニーやセックスで何回もイクんでしょう？」

「回数って考え方は男性特有かもね。わたし、男と女のオーガズムって違う気がするのよね」

「どう違うんですか？」

「うーん、女の場合は終わりがないというか……。あっ、グリグリしてきた」

人妻は尻を浮かせ、クネクネと揺らしながら腰を押しつけてくる。グリグリの意味は、光雄にもすぐわかった。膣奥にある亀頭と、グリグリした触感の器官がヌルヌルと擦れ合っているからだ。

「えっ、本当だ。何ですか、これ？」

「うふっ、ポルチオよ」

早紀さん曰《いわ》く、セックスで気持ちよくなると子宮の角度が変化して、ポルチオこと子宮口が降りてくるのだそうだ。

「ああ、いいわ。このグリグリした感覚を楽しむのが、んくぅ、セックスの醍《だい》醐味《ごみ》なの。わたしぃ、一番好き……」

早紀さんは、喘ぎながら腰を激しくグラインドさせ続けた。

「ぼくも、おおぅ、すっげえ気持ちいいですぅ、ううううっ」

童貞のピンクバナナは、人妻の膣内で激しく翻弄《ほんろう》されまくっていた。

ポルチオとタートルヘッドのニュルニュルな擦れ合いのみならず、ヒクヒクしたヒダの震えも伝わってくる。

さらに男根を吸い込もうとする肉のうねりと、逆にムニムニと追い出そうとする動き、キュキュッと締まる膣口など、ヴァギナ全体の蠢きがミックスされランダムに肉棒を愛撫してくるのだった。

「溶けちゃうの、気持ちよすぎて脳ミソが溶けて、うあああんっ」

早紀さんは目を閉じて喘ぎ、自分で両乳首を弄りながら、湧き上がるエンドレスな快感に没頭していった。光雄が五回目の射精を終え、ペニスが萎えてヴァギナから追い出されるまで、早紀さんは腰を動かし続けた。

第二章　雨の訪問者

1

「いやぁんっ。もう、パンツまでビショビショになっちゃったわ」

陽菜《はるな》さんの言葉と、濡れたTシャツ越しに透けて見えるブラジャーにドキドキしつつ、光雄は平静を装いながら声をかけた。

「雨、弱くなったと思ったら、また強くなってきちゃいましたね。あっ、よかったら先にシャワー浴びてください。その間にタオルとか着替えを用意しておきますから」

頷いた陽菜が浴室に入ったあと、光雄は洋服ダンスからTシャツとハーフパンツを出し、バスタオルと一緒に浴室ドアのすぐ横にある洗濯機の上に置いた。

（とりあえず、これだけで大丈夫かな。あとは、本人に任せるしかないよな）

女性用の下着は持っていないし、光雄が着古したボクサーショーツを穿《は》かせるわけにもいかない。光雄はTシャツを脱ぎ、自分用のバスタオルで雨で濡れた身体を拭《ふ》き始めた。

（これがリリーさんが言ってた、どしゃぶりの中の出会いかな。ひょっとして今夜、陽菜さんとエッチできちゃったりして……）


事の起こりは、数時間前に遡《さかのぼ》る。早紀さんとの初体験から数日経った今日の午後、光雄は占い師のリリーに嬉しすぎる童貞喪失を報告しに行った。するとリリーは、はしゃぐ光雄に呆《あき》れつつ、苦言を呈してきた。

「でもね、感情やハートのこもってないセックスは、お互いの身体を使ったオナニーみたいなものじゃないかしら」

「そうかなあ。セックスをしたいという気持ちというか、そういう意味ではお互いの気持ちは一致してたと思うけどな」

「やれやれね。童貞喪失したばかりじゃ、まだわからないか。とにかく、光雄の頭の中は性欲一色だもんね」

「わからないっていえば、男女のオーガズムって違うんですか？　そういうことを教えてくれる人って、どこかにいないかなって思っちゃいました。ぼくの女運って、その後どうなってます？　また出会いはありそうですか？」

「そんなに都合よく女が現れるわけないじゃない……って、あらら。うーん、とりあえず、どしゃ降りの雨の中で出会いがあるみたいだけど」

リリーが水晶玉を覗いて言うので、光雄はスマホで天気を確認した。

「ありゃりゃ。予報じゃ晴れ続き、当分雨は降りそうにないかぁ」

などと落胆しつつの帰り道、アパートの手前の公園に差し掛かったところで急に大雨が降りだしたのだった。

光雄が慌てて公園の東屋《あずまや》に避難すると、Tシャツにジーンズ姿のスレンダー女性が缶チューハイを飲みながら雨宿りをしていた。

「それにしても、すっごい雨よね。ゲリラ豪雨ってやつ？」

少し年上に見えるスレンダー女性が話かけてきた。

「そうですね。あそこに見えるのがぼくの住んでるアパートなんですけど、ギリ、間に合わなかったです」

光雄が言うと、スレンダー女性は微笑んだ。第一印象は少々きつめというか、しっかり者で隙のない美人に思えたが、笑顔はものすごく無邪気で癒《いや》し系な感じだった。

「よかったら、雨が止むまで一緒に呑む？」

スレンダー女性は言って、トートバッグから缶チューハイを取り出しテーブルに置いた。

「えっ、いいんですか？」

「って、未成年じゃないよね」

「大学四年の二十二歳です」

そうして、自己紹介タイムになった。

スレンダー女性の名前は上村《うえむら》陽菜。二十五歳のナースで、勤めていた病院を辞めたばかりで、しばらくのんびり過ごしているらしい。

もちろん次の勤務先はもう決まっており、今日は学生時代に住んでいた地域をブラブラ散歩しに来たそうだ。

などと、酒盛りをしながら雨が止むのを待っていたが一向《いっこう》に止む気配がない。

仕方なく少し雨脚が弱くなったところで、光雄の部屋に避難してきたという流れであった。

2

交替でシャワーを浴びたあと、光雄はTシャツにボクサーショーツ、ダボッとしたハーフパンツという姿で浴室から戻った。

陽菜さんは用意されたハーフパンツを穿かず、ミニのワンピースよろしく、大きめのTシャツだけを身につけただけの色っぽい格好だった。

「服も乾いてないし、雨も止まなそうだし泊めてもらおっかなぁ？」

「えっ、いや、まあ、こんな部屋でよければ」

光雄が了承すると、陽菜さんはトートバッグからうやうやしく焼酎のボトルを取り出した。

「じゃあ早速だけど、こいつを呑もうよ」

陽菜さんが、駅前にある老舗《しにせ》の酒屋で買ったとのこと。酒にくわしくない光雄にはわからないが、希少価値の高い逸品らしいのでオン・ザ・ロックで酒宴を再開することになった。

二人で床に座って呑みつつ、いわゆる世間話やドラマや映画、ユーチューバーの話題などで盛り上がりつつ、光雄は股間をズキズキと疼かせていた。

なんといっても、自分の部屋で女性と二人きりになるのは初めてだし、陽菜さんはTシャツ一枚で太もも丸見えという色っぽい姿なのだ。

しかも話をしながらときどき袖をまくって腋《わき》の下を見せたり、伸びをして乳首のポッチを強調してみたり、体育座りをして股間が見えるか見えないかギリギリのポーズをとったりと、あきらかに挑発しているみたいだった。

「あはははは、ついに三十回目だ。光雄くんって、けっこうムッツリスケべだね」

陽菜さんが突然笑い出したので、わけがわからない光雄は訊いた。

「何がですか？」

「あたしの身体のエロい部分を、チラ見した回数よ」

「か、数えてたんですか？」

光雄は、下心を見抜かれていたことを知って動揺した。

「だって、あまりにも視線があからさまだから、面白かったんだもん。あのさ、光雄くんて、もしかして童貞？」

「いや、じつは先日童貞を捨てたばかりなんで、ほ、ほぼ童貞みたいなもんです」

「なるほどね」

言うやいなや、けっこう酔いのまわった様子の陽菜さんは足を伸ばして、光雄の股間を押さえつけてきた。

「ねえ、光雄くん、大きくなってるよ」

さっそく、勃起を見抜かれてしまった。

「すいません、陽菜さんの太ももが色っぽくて。でも気にしないでください、ただの生理現象ですから」

そう言いつつ光雄の視線は、陽菜さんの股間に釘付けになっていた。まさかとは思っていたが、どうやらTシャツの裾《すそ》の下には何も穿いておらず、はっきり見えるわけではないけれど、陽菜さんのアソコはヘアがないパイパンのようだった。

しかも陽菜さんはハーフパンツの上から、両足の裏で器用に陰茎を挟み、ゆるゆるとしごき始めた。

「うわわっ、駄目です。そんなことされたら、すぐに出ちゃいますよ」

「えええええっ、もう？」

陽菜さんは、動きを止めて足を引っ込めた。

「ふーん、すごくイキやすいタイプなのね」

「陽菜さんこそ、どうなんですか？　イキやすいタイプじゃないんですか？」

「まあ、そうかな」

平然と答えた陽菜さんに、ここぞとばかりにたたみかける。

「何回も連続でイッたりするんですか？」

「まあ、そういうときもあるわね」

「あのですね……」

性的な会話に突入したので、気になっていることを思い切って訊いてみた。

「前に年上の女性から、オーガズムの回数って考え方は男性特有のもので、男と女ではオーガズムのタイプが違う気がするって言われたことがあるんですけど、どう思いますか？」

「そうね、男の場合は射精の回数よね。確かに、女とは違うわね」

「どういうふうに、違うんですか？」

「男って、イッたあとは興奮が０に戻るでしょう。それで、また１００を目指すみたいな。女の場合は、80～１００％の間を延々と行き来してる感じかしら。一種のゾーンに入る感覚かな」

「そっか。なんだか、女の人が羨《うらや》ましいなあ」

「どういう意味？」

「つまり……」

光雄は、全身が性感帯になる女性の快楽に憧れていた。男の数倍、数十倍といわれている女性のオーガズム。もしもそれを体験できたら、と想像しただけでワクワクする。

だからといって、女になりたいわけではない。女性が好きだし、女性と付き合うことしか考えられないし、女性としかセックスしたくない。

もっと科学技術が発達してSF映画みたいに、感覚を伴った完璧なバーチャルリアリティが体験できるようになればいい。そうしたら、女性の性感を体感できるのにと語った。

すると、陽菜さんは瞳を輝かせた。

「だったら、あたしが体験させてあげようか？」

「えっ？」

「光雄くんは、ドライオーガズムって知ってる？」

「言葉だけは、聞いたことがありますけど……」

「あれはね、極めると女性がイク感じに似てるそうよ」

陽菜さん曰くドライオーガズムとは、男にも射精を覚える前から備わっている、射精を伴わない女性型のオーガズムなんだとか。射精よりも強い快感が全身に広がる上に、それを何度でも体感できる至福の状態らしい。

「そんなこと、本当にできるんですか？」

光雄が問うと、陽菜さんは自信に満ちた笑顔で頷いた。これから、めくるめく新しい快楽の世界が開こうとしている気がした。

「じゃあ、まずはこれの上に座ってみて」

陽菜さんはバッグの中から、栄養ドリンクの小瓶を取り出した。

受け取った光雄は腰を浮かせて、瓶を床の上に倒した状態でその上に腰掛ける。蟻の門渡り辺りが圧迫されて、妙に落ち着かない。

「でね、まずPC筋を動かしてもらいたいんだけど、わかるかな。つまり、えーと、お尻の穴を締めるというか、尿を止めるときの動きをして」

陽菜さんの言葉に従ってみたが、別に何も変わらない。それを伝えると、もっとくわしく説明してくれた。

「ゆっくり何回も続けてみて。これって、前立腺を外側から刺激しているの。いきなり強烈なドライオーガズムに達するわけじゃないけど、何かその片鱗《へんりん》くらいなら味わえると思うわ」

光雄が尿を止める動きを続けていると、会話をしているうちに萎えていたペニスがムックリと勃起し始めた。ＰＣ筋というのは、勃起したイチモツをビクンビクンと動かす筋肉のことだ。

勃起する前はアヌスも同時に締まっていたのだが、今は硬くなったオス器官を動かすことだけに集中する。

「むっ、んんん？」

不意に、栄養ドリンクの瓶で圧迫されている蟻の門渡り辺りが、奇妙な感覚に包まれた。股間全体がだるくて、腰が抜けてしまうみたいな感じである。それがＰＣ筋の動きとともにジワッ、ジワッと身体の奥底から湧き起こるのだ。

「こ、これは……」

光雄が呟くと、陽菜さんが訊いてきた。

「何か、感じることができたの？」

「へ、へんな気分になってきた」

モヤッとした快感の塊みたいなものが、下腹部全体に渦巻いていた。

「気持ちいいってこと？」

陽菜さんの質問に、光雄は呻き混じりで返事をした。

「う、うんっ」

その瞬間、シュワ〜っと炭酸が抜けたときのような、性感が背筋を通って脳天に突き抜けた。

一度に限らず、ＰＣ筋を動かすだけで何度も味わえた。あまりに気持ちよくて、口が半開きになる。よだれが垂れそうになり、あわてて手で拭《ぬぐ》った。

3

強烈な快感の余韻に浸りながら、光雄はＰＣ筋を締めたり、緩めたりする運動を続けている。小舟を揺らす小波《さざなみ》のような快感が、そこはかとなく身体中を巡っていた。

初めての快感なのに、どこか懐かしい気がした。ジェットコースターで急降下した瞬間に、尻が浮くときの感じに近いかもしれない。そんなことを思っていたら、陽菜さんが光雄の左太ももに跨《また》がり、顔を近づけてきた。

「うあああっ」

いきなり耳を舐められ、光雄は大きな声を出してしまった。身体がゾクッとして動けなくなる。湿った舌の感触と、熱い吐息がとても卑猥だった。さらに耳たぶも嚙まれ、甘い快感が電流のようにビリビリと脳に響いた。会陰《えいん》で快感を得たことによって、全身が敏感になっているのかもしれない。

「光雄くんの乳首、たぶん今までよりも感じるようになってるはずだよ」

言いながら陽菜さんは、光雄の太ももにヌルヌルの淫裂をグイグイ押しつけてきた。

「あの、乳首が感じると何かいいことがあるんですか？」

光雄は好奇心に駆られ、自慰のときに乳首を弄ったことくらいはある。たいていはくすぐったくなるだけで、気持ちいいと感じることはあまりなかった。

しかし、身体中が敏感になっている今なら、乳首が感じるようになる気がした。

「乳首が感じるようになると、ドライオーガズムに到達しやすくなるのよ」

陽菜さんの言葉に、光雄は電光石火の勢いで反応した。

「だ、だったら、もっと感じるようになりたいです！」

「うふふ。じゃあ、開発してあげる」

陽菜さんが嬉しそうに言って、ゆっくりと焦らしながら、光雄の胸に指を這わせてきた。Tシャツの上から両乳首を探り当て、カリカリと搔いてくる。

「あうううっ」

光雄は、気持ちよくて呻き声を上げた。掻かれている乳首の先端がジンジンと痺れるだけでなく、切なくてたまらない感じがしてどうしようもないのだ。今まで生きてきて、間違いなく一番乳首が敏感になっている。

しかも甘酸っぱい快感は、何故かさわられていない男根にも伝播《でんぱ》する。ギュウッとPC筋を締めると、尿道口からカウパー氏腺液がドクリとこぼれたのがわかった。

「もっと気持ちよくなれるよ」

耳もとでそう囁きながら陽菜さんは、光雄のTシャツを捲《まく》り上げた。脱がせやすいようにと両手を上げてバンザイの格好になると、顔が捲ったTシャツで覆われる中途半端なところで陽菜さんの手が離れた。

（なんだか、目隠し状態で両手を拘束《こうそく》されてるみたいだな……）

光雄がそう思った途端、陽菜さんの生温かい舌が右胸の乳輪をなぞった。左胸では指が舌と同じように動いている。じっくりと両方の乳首を可愛がられ、光雄はたまらずによがってしまった。

「あうー。乳首を舐められるのが、こんなに気持ちいいなんて、はうううっ」

それから、光雄の両乳首はナースの舌と指でたっぷりと交互に愛撫された。舌はやさしく丁寧で、指は荒々しかった。陽菜さんは「やさしいのと激しいの、どっちが好き？」と訊くのだが、両方とも気持ちよすぎて選びようがない。声が聞こえていないと誤解したのか、中途半端に顔と腕に引っ掛かっているTシャツは脱がされてしまった。そして陽菜さんは、光雄の耳たぶを嚙み熱い息を吹きかけながら訊いてくる。

「ふぅううう、どっちが好きなの？」

「あうう。どっちもです。指でちょっと痛いくらいつねられたあとに、舌でやさしく舐められるのがたまらないんです」

光雄は目を閉じ腕はバンザイしたまま、ひたすら愛撫を受け止め、切ない吐息を漏らした。陽菜さんは答えに満足したらしく、性感開発を続けた。

「くうううっ」

乳首を爪でカリカリと掻かれると、息が止まるほど気持ちよかった。もっとしてほしくなって、光雄は胸を反らせてしまう。

何度も同じ愛撫を続けられると、上半身全体が硬直した。そして痙攣を呼ぶほどの、硬質で鋭い快感が身体の中で乱反射した。

たっぷりの唾液にまみれた舌で、乳首をやさしくこねられると、長い吐息とともに喘ぎ声が出てしまう。ゆるやかで甘い快感が増して、身体の奥にじんわりと滲みていくような気がした。

しかも目を閉じていると、濃度と種類の異なる甘美な快感をくっきりと味わうことができた。乳首から生じる官能と、下腹の奥で渦巻く会陰快感が、溶けて混ざり合い増幅していく。

そしていつの間にか舌の感触が消え、指での乳首愛撫がメインとなり、不意に声をかけられた。

「ふふふ。喘いでいる表情、なかなかエロいね」

光雄が目を開けると、陽菜さんが見つめていた。なんだか、無防備な表情を見られてとても恥ずかしい。恋愛映画などで観た、セックスのときに室内を暗くしてほしいと望む女心が、わかるような気がした。

「うふふ。この乳首、すごく敏感で嬉しくなっちゃった。どうする？　さっきのは前立腺を外側から刺激したんだけど、もっとディープな内側から刺激するドライオーガズムの世界も覗いてみる？　アヌスに指を入れることになるけど」

陽菜さんの提案に、意を決して光雄は答えた。

「もっと気持ちよくなれるなら、体験してみたいです！」

座薬も入れたことがないから、少し怖いような気もしたが、思い切って身をゆだねることにしたのだった。

4

ベッドで仰向けになった全裸の光雄は、赤ん坊がオムツを替えるときのような格好をさせられ、陽菜さんは光雄の股間を見下ろす位置に座わっていた。そして光雄のアヌスを舐めながら、その周辺を指でマッサージしている。

これは、括約筋をリラックスさせるために必要なことらしい。光雄は羞恥心《しゅうちしん》を覚えつつも、アヌスで舌の感触を味わうことに夢中になっていた。

生温かい舌先が、入り口辺りをヌルヌルと動き回ると、くすぐったさと気持ちよさが混ざり合ったような感じになる。

括約筋を締めると消えてしまうほど微妙な快感なので、とても自然に緩めることができた。

微弱な快感が浸透するほどに、下半身全体がだるくなる。いつの間にか、アヌスがたっぷりの唾液にまみれているのがわかった。

「このまま、力を抜いていてね」

陽菜さんが言ったあと、アヌスにヌルリと指が入ってきた。ゆっくり、探るような動きだ。

自分の体内で、誰かの指が動いているというのは、とても奇妙な感覚だ。痛みはないものの、心地よさより不快感が勝っていた。

（もしかしたら、初めて膣に指を入れられる処女って、こんな気持ちなのかな）

光雄がそう思っていたら、陽菜さんは、いろいろなところを押しながら嬉しそうに笑った。

「あった。ここが前立腺、このへんが膀胱《ぼうこう》、それから精嚢《せいのう》、射精管、こっちは腸壁《ちょうへき》。うふふ、フワフワしてる」

具体的な名称を口にするので、内臓をさわられている実感が湧く。前立腺を集中的に弄られると、ペニスの底というか根っこを押されている気がした。じんわりと、竿全体に何かがしみるような感覚があって「うっ、うっ」と声が出てしまう。

少し強めに押されると何かが出そうになったり、逆に何かが溜まっていくような感じもした。強すぎると痛かったり苦しかったりするのだが、どこか快感につながっているようで嫌な感じではない。

痛苦しさの奥に、甘い疼きがあるように思えた。しかし、これが快感なのかどうかは、まったく初めての感覚なので判別がつかない。

「あっ、いっぱい濡れてきた」

陽菜さんに言われて、尿道口からカウパー氏腺液がダラダラとたれていることに気づいた。一瞬、無意識のうちに射精してしまったのかと思ったが、白濁した液ではないし量も多い。

これはつまり、今得ている刺激を身体は快感と認識しているけれど、心が追いついていない状態なのか。それとも、単なる反射的な反応とか生理現象なのだろうか。

いつの間にか、押されている場所が、火の玉のように熱くなってきた。陽菜さんによると、前立腺が膨らんで硬くなってきたらしい。

そのコリコリになった場所を、指でグリグリされる。もう片方の手指で、蟻の門渡りのあたりも押された。前立腺を、外側と内側から同時に刺激してきたのだ。

「んんんんっ」

光雄は一瞬、全身に強い電気ショックのようなものを感じて息を飲んだ。同時にビクンッ、ビクンッ、と腰が反ってしまう。

多少違和感があるのはアナルの入り口で、緩めることを意識しないと勝手に締まってしまう。しっかり力を抜いて、前立腺や腸壁からの感覚に集中した。

「はっ、はっ、はっ、はっ」

徐々に呼吸が浅くなるが、アヌス内部の刺激が強すぎて、やはり快感なのかどうか、まだよくわからない。しかし刺激の余韻が足の裏や指先、さらに脳に向かって快感として浸透していくような気もした。

けれど、どうすればいいのかわからない。本音を言えば、少し怖かった。この未知の感覚が、どんな大きさでどこに着地するのか見当もつかないから、とても不安で甘苦しさを持て余してしまう。

「な、なんか、へんな感じ」

光雄が呻くと、陽菜さんはやさしく尋ねた。

「気持ちいい？　痛い？　それとも苦しい？」

「えっと……。あんまり強くされると痛くなるかもしれないけど、とにかく気持ちいいのか苦しいのか、よくわからなくて……」

光雄の主張に耳を傾けたあと、陽菜さんはとても冷静な表情と声で訊いてきた。

「じゃあ、こっちは？」

アヌスへの刺激はそのままに、もう片方の手と指で亀頭を可愛がり始めた。

「おおおおおっ」

強烈な快感が、光雄のすべてを支配した。カウパー氏腺液でヌルヌルになったタートルヘッドを弄られると、恐怖も不安も一瞬で緩和される。ペニスは最大限に勃起しており、亀頭は射精直後のように敏感になっていた。

「知ってる？　クリトリスと亀頭の快感って似ているんだって。でね、尿道口とカリ表の愛撫だと、精液を出すのとは快感の方向が逆で身体の中に向かうの。つまり、射精しにくくなるらしいわ」

陽菜さんの説明を、光雄は理屈ではなく身体で納得した。

「そうなんですか、だからかなあ……」

竿部分をしごかれたいとは、まったく思わなかった。快感はアヌスと亀頭に直結していて、まるで竿部分には神経が通っていないかのような錯覚に陥ってしまうほどである。

タートルヘッドを撫でられる刺激と前立腺マッサージの感覚が、下腹の奥の方でブレンドされて快感が膨らみ続けていた。射精直前に生じる腰の辺りの甘い痺れが延々と続き、それが体内で次第に強烈になっていく感じだろうか。

（ものすごい世界を体験しているのかも……）

などと思いつつ、光雄はのたうち回った。必死になってシーツを掴み、枕を抱きしめた。そうしていないと、自分がどこかに吹き飛んでいってしまいそうだったからだ。そして、この強すぎる快感がいつまで続くのかと恐くなった。

「ご、ごめん、なさい。ちょっと休憩したいです」

光雄が掠れた声で訴えると、陽菜さんは指を外してベッドを降りた。

「休むなら、水分を摂《と》ったほうがいいんだけど何かある？」

「れ、冷蔵庫に、麦茶が冷えてます」

「オッケー」

陽菜さんは言って、キッチンスペースに向かった。光雄は何故か痙攣が止まらない自分の太ももを、呆けたように見つめていた。おそらく快感のスイッチは入ったままになっているようだった。

「大丈夫？」

戻ってきた陽菜さんに、麦茶が入ったコップを手渡された。

「あ、ありがとうございます」

光雄は麦茶を一気に飲み干した。自分で思っていたよりも、喉が渇いていることに驚いてしまった。

「たくさん喘いだし、汗もいっぱいかいたから水分補給は大事よ」

「本当ですね。あと、さっき思ったんですけど……」

光雄は、快感の終点がわからないクライマックス時の心情を吐露《とろ》した。すると陽菜さんは、大きく頷き語り始める。

「うん。それはちょうど初体験もしくは経験の浅い女が、セックスでなかなか気持ちよくなれないのと同じかもしれない。少しずつ経験を重ねて覚えていかないと、先には進めないケースもあるしね」

陽菜さんが、はっきりセックスでイッたと実感したときも、直前に不安と恐怖が押し寄せてきて、とにかくそこから逃げ出したくなったとのこと。

イクのが怖いので止めてしまうセックスを、何度も繰り返していたある日、もうどうにでもなれと身をまかせてみたら、突然ビリビリビリッと高圧電流みたいな快感が全身を貫《つらぬ》いたらしい。

おそらく数十秒間、時間が止まったような感じになって、意識が下に降りてきたときにようやく「これがイクということか」と理解できたそうだ。

その後は下半身がガクガクと震え、トクントクンとクリトリスが脈を打ち、ヴァギナや子宮、さらに骨盤全体にジーンと響く余韻があったというのだ。

光雄は陽菜さんの体験談を聞いて、ぜひともドライオーガズムに再挑戦してみたくなった。

「あの、お願いがあるんです。続きをするときに、陽菜さんの身体をギュッと抱きしめてもいいですか？　さっきは枕を抱いたりシーツを摑んだりしたんですけど、イマイチ切ないというか心細かったから」

「だったら、あたしも楽しみたいし、シックスナインの格好でしてみる？」

「も、もちろんです！」

光雄は、初めての相互性器愛撫を体験できることが嬉しかった。前立腺マッサージをしやすい格好というのが一番の理由だろうが、陽菜さんもクンニリングスをされたかったのかもしれない。

「あたしも暑くなってきたから、Tシャツ、脱いじゃうね」

そう言って陽菜さんは全裸になり、仰向けの光雄の上に跨ってきた。スレンダーな女体の、適度な重みと温もりに浸っていると、ほどなくして真っ白い尻が、ゆっくりと顔の上に迫ってきた。レモンヨーグルトに似た甘く濃厚な匂いに包まれる。

ココア色の排泄器官がヒクヒクと蠢いており、とても卑猥だった。その下には、熟れて割れたアケビのような女性器が見える。

淫裂の中にある薄桃色の花びら肉は、潤《うる》みを含んでよじれていた。太ももに跨られたときにも思ったが、陽菜さんが秘所を濡らしていることがたまらなく嬉しい。男を攻めることで欲情し、激しく感じるタイプなのかもしれない。

そしてワレメの始まりには、大粒の淫ら豆が埋もれていた。陽菜さんの性器を目にして匂いを嗅ぎ、光雄の欲情はより一層高まった。

ちょうど口の近くにクリトリスがあるので、包皮全体に柔らかくキスして、剝き出しの肉豆の先端部を舌先でコロコロと弄んだ。

「あうーん、ああーん、うふーん」

気持ちよさそうな陽菜さんの呻きとともに、光雄はヴァギナの蠢きを鼻先で感じた。舌をゆっくり動かし続ける。舌が醸し出すリズムに合わせて、陽菜さんは「あう、あん、んあっ」と小刻みに息を荒らげ尻をクネクネと揺らした。

「はうっ、はううっ。止めないでね、お願いっ、止めないでね」

陽菜さんの喘ぎは次第に大きくなり、尻と太ももが不規則な痙攣を繰り返していた。柔らかい尻をしっかりと抱きしめながら、光雄は夢中になってクリトリスをしゃぶり続けた。

そうしながら、右手の中指でワレメの中にある花びら肉を開き、ぬかるんだヴァギナの入り口にあてがう。中には入れずに指の腹だけで柔らかな粘膜に触れていた。

すると膣口が少々せり上がり、指先を捕らえてすぼまりヤワヤワと中に引き込もうと蠢いた。逆らわずにいたら、あっという間に第一関節まで吞み込まれた。

陽菜さんの内部は、とろけるように柔らかく温かい。もっと奥まで指を入れようとしたが、キュッと締まっている膣肉に拒《こば》まれていた。

先に進めないのならば、上下左右どの部分が一番感じるのかと、入り口周辺の肉ヒダに触れてみる。順番に刺激していたら、指はゆっくりと第二関節まで吸い込まれていった。

なんとなく、膣肉に誘導されているような気がした。指の腹が、いわゆるGスポット辺りにたどり着いていたからだ。

「そこを、ゆっくり押してみて」

言われた通りにすると、陽菜さんの尻全体がブルルッと震えて硬直した。

「うくっ、いいわ。イキそう、あっ、イッちゃう、ううう っ」

陽菜さんの宣言と同時に指は膣肉に締めつけられ、まったく動かすことができなくなった。ヴァギナの少し上にある、ココア色をした放射線状の器官もキュウッとすぼまっていた。

しばらくの間、陽菜さんは膣で指をくわえ込んだまま、尻をピクンピクンと撥《は》ね上げて身悶えていた。なんとも悩ましい、エロティックな動きだと思った。

不意に、ヴァギナ内部の締めつけが緩んだ。指が抜けて、愛液が溢れ出てきた。

光雄は膣の入り口に唇をつけて、舌を挿入させながら女蜜を啜った。

温かいながらも、何故かよく冷えた柿のような甘みがあった。舌の挿入を続けると、クチュッ、クチュッという淫猥な音が響いた。

「あぅ〜ん、うふぅう〜んっ」

陽菜さんはよがりながら光雄の顔に尻を押しつけてきて、オーガズムの余韻を楽しんでいる。

(やっぱり、女性型のオーガズムのほうが気持ちよさそうだな)

臀部に顔面を圧迫されながら、光雄もこんなふうにイッてみたいと思った。

ややあって、陽菜さんが光雄の蟻の門渡りを撫で始めた。

「今度は、光雄くんの番よ」

そう言って、若いオスの排泄器官に指を入れてきた。最初はアヌスの入り口付近を、やさしく抜き差しするように動かす。途端に、光雄は呻いた。

「あううっ。すごいっ、さっきよりも全然気持ちいいですよっ」

尻穴そのものが、とても敏感になっている。指を迎えるために、いきむようにして括約筋を緩めたことも関係しているのだろうか。

不安や恐怖が消失しているのは、心も身体も陽菜さんにゆだねている証拠なのかもしれない。さっきとは違って指の蠢きすべてが快感として認識できた。

「じゃあ、もっと気持ちよくしてあげるね」

陽菜さんの声が聞こえ、下腹辺りに熱い吐息がかかった。そして「んんんんっ、むふうっ」というくぐもった息遣いと同時に、亀頭全体が生温かく柔らかい粘膜に包み込まれた。

（わわわっ。これは間違いなく、フェラチオだ）

ペニスが舌に弄ばれている。玉袋を撫でられたり、伸ばされたり、睾丸をやんわり握られたりもした。アヌスのみならず、数ヶ所を同時に愛撫されることによって、光雄の理性は完全に吹っ飛び、官能が剝き出しになってくる。

そして、前立腺を刺激する陽菜さんの指は、実に縦横無尽だった。愉悦と安楽が振り子のように揺れる。眠っていた疼きが猥褻色の束となり、絡み合いながら光雄の体内で渦巻いた。

淫らな指の動きは、弱くても明確で滞《とどこお》ることが全くない。アヌスの中で旋律を刻む右手の指は間隔をおいて、亀頭をしゃぶる唇と舌は休むことなく和音を奏でるのだ。

(前立腺とセットだからかな？　たっぷりフェラチオをされているのに、全然射精しそうにないぞ。しかも出したいとも思わないし、気持ちよさが、ゆっくり身体中に広がるみたいだ)

指も舌も異なる一定のリズムを刻みながら、光雄の身体を可愛がり続ける。ひとしきり快感が高まると、新たに淫らな旋律がうねる。快楽はいくつもの津波となって何度も押し寄せてきた。

切なさと愛しさと心細さが重なり、離れ、そしてまた重なる。陽菜さんの尻に顔を埋《うず》め、背中を抱きしめながら、光雄は身動《みじろ》ぎもせずにいた。

普段は入ろうともしない開かずの間の固い扉が強引に開けられ、中をいいように引っ掻き回されている感じでもあった。しかしそれは不思議と不快ではなく、むしろ陶酔《とうすい》めいた快感をもたらしてくれる。

（まさに、性感を開発されているというか……）

快楽という名の蜘蛛《くも》の巣に身体中を搦《から》めとられているような気がした。

その刹那《せつな》、陽菜さんの指と舌の動きが止まった。

けれどこの小休止がさらなる悦楽の前兆であるのは、今までの流れで推測できる。光雄は我知らずゴクリと唾を飲み込んだ。そしてまた陽菜さんの指と舌が動き出すと、快感が絡まりながら少しずつ上昇し始めた。

もちろん、光雄の心拍数も跳ね上がった。

同時に陽菜さんの指の蠢きも、ひときわ強くなった。いつの間にか、オスの身体に刻まれてしまった快感が掻き鳴らされる。体内の感情と、官能すべてが全身の毛穴から激しく流れ出てしまうような錯覚。

「うわっ、えっ、んんんんっ」

突然の大波にさらわれた光雄は、ともすれば半開きになりそうな唇を懸命に閉じていた。開けてしまうと、身体の中で育っている快感が溢れ出てしまうような気がしたのだ。

鼓動が高鳴り、五感がすべて触覚に集中する。意識が溶け込んだ瞬間、ビリビリビリッというすごい快感が、雷に打たれたみたいに全身を貫いた。そして数十秒間、身体中に乱反射していく。

「くううううううっ」

これがドライオーガズムなんだ、と光雄は湧き上がり続ける快感に身悶えしながら思った。

「イケたみたいね」

指を抜き、身体を反転させながら陽菜さんが言った。そして、光雄の乳首をチュッと吸う。

「うわっ、まただっ」

光雄は呻きながら、背中を弓なりに反らした。ガクンッ、ガクンッと身体が震える。乳首にされたキスがスイッチになって、再びピークが訪れた。

「すごい。ゾーンに入るとか、イッたら止まらなくなるっていうのが、よくわかる気がします」

精液放出による発散がないからなのか、快楽が身体に溶け込んでいた。

まるで終わった気がせず、フワフワと漂うような心地よさが、身体の軸にいつまでも居座っているのだ。ちょっとした刺激で、すぐにまた沸騰しそうな感じが続いていた。

「光雄くんは優秀ね。今日は前立腺と亀頭と乳首っていう、三種類のドライオーガズムをほぼ体験できたわけだから」

陽菜さんは、光雄から降りて添い寝をした。

「えっ、亀頭や乳首でも、簡単にイケるようになるんですか？」

「たぶんね。それと射精っていうウエットな方向じゃなくて、ドライ方向にチェンジさせる感じを身体で覚えれば、早漏も改善できると思うわ」

「本当ですか？」

「ふふ、これから、試してみよっか」

陽菜さんの目つきと表情が、あまりにも妖艶なのでペニスが疼いた。なのでPC筋に力を入れると、快感が背骨を突き抜け、軽いドライオーガズムに達してしまった。

「コンドームは持ってる？」

「すいません、ここにはないです」

「しょうがないなあ。そんなことじゃあ、チャンスを逃しちゃうよ」

陽菜さんは言って、バッグから避妊具を取り出した。

「いつも、持ち歩いてるんですか？」

その質問に答えながら、陽菜さんは光雄の若竹にコンドームを装着し始めた。

「常識よ。だって自分の身体は、自分で守らないとね。うっかり中出しされて、妊娠してたらどうしようって、次の生理までビクビクしながら暮らす気持ちなんて、男にはわからないだろうけどさ。よし、オッケー」

陽菜さんは和式トイレにしゃがむような格好で、仰向けの光雄に跨りワレメにペニスをあてがった。

陰茎の裏側全体が、しっとりと柔らかい陰唇の粘膜に触れる。すぐに挿入するのかと思ったら、そうではないらしい。

裏スジ辺りにクリトリスがあたっていた。陰唇でペニスを挟んだまま、陽菜さんはゆっくりと腰を前後に振り始める。

「んんんっ、あっ、いいっ」

うっとりした表情で陽菜さんは喘いだ。ヌルヌルした淫裂による、まったりした快感が光雄の全身に広がる。しばらく二人で焦れったさを楽しんだ。

「うふふ、そろそろ犯してあげるね」

陽菜さんはそう言って腰を浮かし、指でピンクバナナを直立させた。そして、タートルヘッドをヴァギナにあてがうやいなや、一気に体重をかけた。ヌルリと根元まで陰茎が埋まった。

途端に、フワフワした肉ヒダが光雄のハードボイルドソーセージに絡みつく。さらにヒクッ、ヒクッと蠢いて亀頭を揉んできた。膣奥から徐々に締まって、イチモツをきつくホールドする感じだった。

陽菜さんが腰をグラインドさせると、男根の先端が膣奥に咥えられているような錯覚に陥った。もしかしたら、激しく動いてもペニスが抜けないようにしているのかもしれない。

さらに陽菜さんはゆっくりと腰を上下に動かした。いわゆる杭打《くいう》ちピストンというやつだ。抜くときはゆっくり、入れるときは素早く、しかもズンッと力強く尻を落とした。

「どうかな？　大丈夫？　イキそうになってない？」

杭打ちピストンを止め、グラインド系に切り替えた陽菜さんに訊かれ、光雄は素直に答えた。

「はい。すごく不思議だけど、全然射精の兆しがありません」

「さっきのドライモードが、ずっと続いてるのかもね。それと、お酒を呑んでまったくトイレに行ってないから、きっとそれも関係してると思うわ。男っておしっこを我慢していると、射精しづらくなるらしいから」

「はあ、勉強になります」

「たぶん、根本的に早漏が治ったわけじゃないけど、そこそこ性行為を楽しめるようになったのかもね」

「射精はしてないんですけど、さっきからPC筋に力を入れると、ドライで軽く達したみたいになって、すごく気持ちいいんですけど」

「うふふ、それこそセックスの醍醐味よ。よし、あたしも楽しもっと」

そう言って、陽菜さんは杭打ちピストンを再開した。ハアッ、ハアッと息を荒らげながら、次第に激しく腰を上下に打ちつけた。そのたびにペチッ、ペチッという湿った音が響いた。

「ふぅううう。奥に、奥に響くわぁ」

朦朧《もうろう》とした表情で陽菜さんは身悶え、両手の指で光雄の乳首をネチネチと弄り始めた。爪でカリカリ搔かれ、指の腹でクニクニこねられ、ときおり強く抓《つね》られた。すると、ジンジンとした甘い痺れがペニスの根元へと伝わっていく。

「あうう、ぼく、乳首もペニスも、すっごく気持ちいいです」

女洞窟の中で、肉竿は膣肉に揉まれ続け、亀頭は降りてきた子宮口にグリグリと擦られていた。ドライオーガズムを体験したせいか、ヴァギナ内部の圧力もより強く、より心地よく感じられた。

「ねえ、あたしのオッパイも抓って」

陽菜さんにおねだりされた光雄は、白く澄んだボディにポツリと佇《たたず》む乳首をキュッとつねった。

「うあああああああああっ」

上半身を硬直させながら叫ぶ陽菜さんの、助けを求めるかのようなウルウルした視線がたまらない。

攻め好きのSに思えたけど、本当は乳首を痛くされるのが好きなMなんじゃないかと勘ぐってしまう淫心とシンクロして、大学生の欲棒はますます硬くなった。そして本能的に、下から腰を何度も突き上げてしまった。

「うんっ、うぐぐぐぐ。ああっ、イクッ！」

陽菜さんは息を呑み込み達したことを告げ、大きく身体を仰《の》け反《ぞ》らせた。そして上半身をビクンッ、ビクンッと揺らしたせいで、乳首を抓っていた指は離れてしまった。

光雄自身のテクニックで陽菜さんをイカせたわけではないが、もしかして無意識に放った腰の突き上げが、ある意味決定打になったとしたら嬉しい。

冷静に観察すれば陽菜さんの足腰はガクガクと、腕や肩なども細かく痙攣していた。オーガズムの余韻に浸りたいだろうと、光雄は腰を突き上げるピストン運動を緩めた。すると、意外な言葉が返ってきた。

「止めないでぇ、もっと、もっと突いてぇ」

恍惚の表情で懇願してきた陽菜さんを見上げながら、光雄は再びピストン運動のスピードを上げていった。

「はぅんっ、いっぱいっ、激しくっ、あたしを、メチャクチャにしてぇ」

喘ぎながら陽菜さんは身体を仰け反らせ、腰を大きく上下に動かした。パンッパンッパンッパンッと、恥肉同士がぶつかり合う音が室内に響く。まだ燻《くすぶ》っている性欲を昇華させるかのように、陽菜さんは燃え続けている。

腰の突き上げは、もう必要なかった。むしろ邪魔になりそうなので、光雄は腰を動かすのを止めた。そして、繋がっている場所を見つめた。

クリトリスはぷっくりと膨らんでいる。陰唇も充血でふっくらして、濃いピンク色に染まっていた。

見え隠れする自身の肉柱は白濁した愛液にまみれ、とても卑猥な光景だった。膨らんだ淫ら豆全体がヒクッ、ヒクッと動いて誘っているように見えた。

光雄は左手を伸ばし、たっぷりの唾液で湿らせた指で、剝き出しになっているパンパンの陰核を撫でつけた。陽菜さんは「おおうっ」と喘いで、腰の上下運動を止めた。

まるでスイッチが切り替わったかのように、深く入れたペニスでヴァギナを搔き混ぜるように腰を回し始めた。光雄の指先を使って、クリトリスを刺激しているようにも見えた。

それから陽菜さんは、腰をしゃくるようにして前後に動いたり、切なそうに尻を左右に振ったりもした。いつの間にか、陽菜さんの頭から胸元辺りまでの肌がピンク色に染まっていた。

「はっ、はっ、はっ、はっ」

細かく息を吐きながら、腹筋を硬くさせている。

「光雄くん、あたしのオッパイを吸って。嚙んだり、舐めたりもしてっ」

陽菜さんは、上半身を前傾させ乳房を差し出してきた。

光雄は陽菜さんの右乳首を口に含み、左乳首に指を添えて愛撫を始めた。もちろん、左手は陰核をこね続けたままだ。そして自分が射精するよりも、エロスのリミッターが完全に振り切って感じまくる陽菜さんを、もっともっとイカせたくなった。

それこそが、セックスの醍醐味という気もした。夫婦での子作りが目的じゃなければ、セックスで射精はあってもなくてもいいのかもしれないと思いつつ……。

*

エンドレスな激しい性行為のあと、たくさん呑んだアルコールの酔いも手伝って、二人はまどろみつつ一夜を過ごした。

光雄が喉の渇きを覚えて起きたら、夜明けに近い時間で雨は止んでいるようだった。ベッドの隣に陽菜さんはおらず、全裸で窓の外を眺めていた。

「あっ、起こしちゃった？」

陽菜さんは、立ち上がった光雄に気づいた。

「喉が渇いちゃって……」

光雄は冷蔵庫に近寄り、コップに入れた麦茶をゴクゴクと二杯飲み干した。

「陽菜さんはドライオーガズムのこと、どうしてくわしいんですか？」

「元彼の趣味でね、奥さんがしてくれないことをすれば、あたしのことをもっと大切にしてくれるんじゃないかって、必死になって勉強したの。でも捨てられちゃったけどね」

陽菜さんは、ずっと窓の外を見ていた。

「そ、そうなんですか」

思いがけず、ヘビーな方向に話が進んだので少々ビビッてしまった。

「昔この辺に、あたしが住んでたっていうのは嘘。本当はね、近くに不倫相手の家があるの。だから夕食時にでも乗り込んで、すべてバラしてやろうと思って、アルコールで勢いをつけてたの。それで、よしこれから乗り込もうって思ったらゲリラ豪雨で水を差されちゃって、光雄くんに出会ってこーなって……」

「……よかったんですかね。よくわからないけど、不倫相手の家に雨でびしょ濡れになって乗り込んだら、かなりホラーな感じになってたかもしれないし……」

「ははは、そうだね。うん、乗り込まなくてよかったよ。なんかね、不倫相手にのめり込んで、あの人じゃなきゃ駄目って思い込んでたけど……。今日初めて会った光雄くん相手でも濡れたし、気持ちよかったし、開発させてもらって癒されたよ。あたし、大丈夫だって思えたし、いろいろリセットできたかな」

陽菜さんは、光雄に微笑んだ。そしていつの間に持ってきたのか、浴室に干していた下着や服を身につけ帰り支度を始めた。

「もう、帰っちゃうんですか?」

また会えますかと訊くのは、とても無粋《ぶすい》なことのような気がした。

「そろそろ電車も動いてるはずだし、楽しい雨宿りだったわ。ありがとね」

陽菜さんは、光雄にウインクして去っていった。

第三章　友だち以上恋人未満

1

数日後、光雄はリリーにゲリラ豪雨ナイトの顚末《てんまつ》を話した。

「どうして陽菜さんは、あんなに急いで帰っちゃったんですかね」

「だって抱き合って眠って起きて、別に好きだから寝たんじゃないって、そういう顔をされるのが嫌だからよ」

「別に、そんな顔するつもりなんてないですよ」

「じゃあ、その陽菜さんのことが好きなの？」

「それは、微妙ですけど」

とにかくあの晩は、どしゃ降りの雨とアルコールのせいで二人の自制心が緩んだ気がした。

「好きになっていたら、また会えるか訊いたり、連絡先を交換するでしょ」

「確かに……。向こうも訊いてこなかったし」

「まあ彼女にとっても、結果的にだけど不倫の清算に光雄を利用したみたいに思っていたのかもね」

「そうなのかなあ」

「どっちにしても愛のないセックスの翌朝って、気まずくてむなしいものなのよ。いいこと、後学《こうがく》のために覚えておきなさい。夜から夜明けまでなら、一夜のあやまち、よくあるワンナイトラブになるのよ」

「はあ、心に刻んでおきます」

そうは言うものの、光雄は愛のないセックスの気まずさや、むなしさを理解しているわけではない。

「まあ、女心の機微《きび》なんてわからないわよね。だって今のあんたは、いろんな女といろんなタイプのセックスをしたいだけだもん」

ある意味、図星だった。今のところ二人の年上女性に、セックスを教えてもらった実感しかない。いつか出会う一生をかけて愛する相手のためにも、できることなら、同世代や年下とも経験を積んでおきたいと思っていた。

「結局ぼくは、まだまだ中二病のまんまなんですかね？」

「どうだろうね。そういえば、挿入行為以外のすべてを体験している女の子は処女なのだろうか？　問題は膜の有る無し？　ってことをエッセイに書いた文豪がいたらしいけど、中二病問題の参考になるんじゃない」

「あっ、それって叔父さんの日記にも書いてありましたよ。図書館に行って借りて読んだなあ。えっと、三島由紀夫の『不道徳教育講座』でしたっけ？」

「あたしは、作家とかタイトルまでは覚えてないけど。あら……」

「どうかしました？」

光雄が訊くと、リリーは目の前の水晶玉を覗き込んだ。

「見えたわ」

「何がですか？」

「メトロに乗って帰ると、よき出会いがあるかもよ」

「三度目の予言ですね」

光雄は疑うことなく地下鉄に乗って帰ることにした。すると、画材をたくさん抱えた旧知の美大生、天海仁美《あまみひとみ》とばったり遭遇した。

「わわわっ。亀山じゃん、久しぶり」

仁美は光雄と同い年で、以前、演劇研究会の友人に頼まれて手伝った舞台美術の責任者だった。ボーイッシュで気さくな、男友だちみたいなノリで接することができる、サバサバタイプの女性でアーティストを目指している。

何度か徹夜で舞台用の背景画を描いた仲で、劇研の部室で雑魚寝《ざこね》したこともあるのだが、女性として意識したことはまったくない。

けっこうクッキリした顔立ちのそばかす美人だが、何しろ性格がぶっ飛んでて手に負えない感じがするのだった。

そもそも赤や青や金髪など、会うたびに髪の色が違う。髪型にしてもツンツンに立てたパンクっぽかったり、坊主頭だったり過激だった。

今日は黒髪で、片側だけツーブロックに刈り込んだボブカットなので、かなり大人しい印象だった。ちなみにファッションは、数色のペンキをぶちまけたようなアートTシャツに、ブカブカのサロペットという姿である。

「って天海、なんだかすっげえ荷物だな」

B全サイズという、かなり大きいボードやカンバスが入った布バッグと、アクリル絵の具やスケッチブックなどが入ったビニールバッグが見えた。

「そうなの。世界堂《せかいどう》でバーゲンだったから、ついつい買いすぎちゃった。よかったら、カンバスとボードを持つの、手伝ってくれない？　確か亀山んちって、ウチから歩いて帰れる距離だよね。お願い、お礼に手作りカレーをご馳走《ちそう》するからさぁ」

仁美の料理は、かなり美味いのだ。舞台美術製作のときに、彼女が作った炊《た》き出《だ》しカレーを何度か食べたことがあった。彼女の住まいに行ったことはないが、歩いて二十分の距離であるのは確かだった。

「えっと、どういうカレー？」

「名付けて、鶏の臓物《ぞうもつ》カレー。レバーとハツと砂肝が入ってるの」

「相変わらずぶっ飛んでるっていうか、ネーミングがホラー映画みたいだな」

「じっくり炒《いた》めたタマネキと、フレッシュトマトと一緒にカレールーで煮込んでるから、酸味が効いて夏向きで美味しいよ」

「味の心配はしてないさ、なんかスタミナがつきそうだなあ」

光雄は言って、仁美の住まいまで荷物持ちをすることになった。

2

地下鉄で偶然会ってから二時間後、光雄は天井から垂れ下がるたくさんの赤い綿ロープに絡まりながら、全裸でさまざまなポーズをとっていた。しかも上半身は後ろ手に縛られ、胸部の上と下にも綿ロープが這わされていた。

高手小手《たかてこて》という名称の縛りらしい。そして光雄を緊縛した仁美も全裸になって、スケッチブックにシャカシャカと鉛筆を走らせ、男友だちを描いていた。

ボーイッシュでサバサバ系の性格がら、裸になった仁美は意外に大きな乳房と柔らかそうな美尻の持ち主だった。じっくり観察するとたちまち勃起してしまいそうなので、光雄はなるべく仁美の方を見ないようにした。

(なんだか嬉しいような、困ったような変な事態になっちゃったなあ)

とりあえず、光雄は経緯《いきさつ》を回想する。

仁美が住んでいるのはアパートではなく、離れ風の純和風一軒家であった。トイレと風呂とキッチンスペースは入ってすぐのところにあり、あとは二十畳くらいの板の間である。

「なんかさあ、プロの画家のアトリエっぽいな」

壁際はパイプ製のベッドと簞笥《たんす》、カンバスや描きかけの絵が立て掛けられたイーゼルが何脚かあるだけなので、いわゆる女の子らしい装飾などはまったくなかった。

「そうそう、正解。なんかね、大家さんの娘が画家なのよ。今はフランスに住んでいるんだって。だから、後進の育成とかで、美大生に格安で貸してくれてる物件なのよ」

などと話をしてから、鶏の臓物カレーと食後のコーヒーを堪能した。

仁美は現在、魔女が支配する茨《いばら》の森に囚《とら》われたお姫様を、妖精や騎士の男が助けるという設定のファンタジーイラストを作成中らしい。なので、裸体をスケッチさせてと頼まれたのだ。

「ぼくだけ、パンツ一丁になるのは抵抗があるなあ」

「じゃあ、わたしも下着姿になる。だったらオーケー？」

そんなこんなで、最初は二人とも下着姿だった。窓際の天井に梁《はり》があり、そこから赤い綿ロープがたくさん垂れ下がっていた。そこが茨の蔦《つた》のイメージということで、光雄は五分間ずつ いくつかのポーズをとった。

だが仁美は、光雄を描くうちにイメージが膨らんだらしく、要求がどんどんエスカレートしていった。

曰く「お尻を描きたいから、パンツを脱いで」から始まり「やっぱり、前も描きたい。恥ずかしがらなくてもいいよ、男の全裸なんてクロッキーとかデッサンで見慣れてるから。お願い、芸術のためなんだから」と口説かれた。

結局「わたしも全裸になるから」という条件でオーケーした。さらに「ちょっと縛ってもいい？」と言われ、断る理由が思いつかなかった。

「別に、かまわないけど。うわっ、なんか本格的だな」

光雄が縛られながら呟くと、仁美は得意げに言った。

「SMの女王様をしている先輩がいてね、けっこうしっかり習ったから、完璧なロープアートって感じでしょう。高手小手、もしくは後手縛りっていうの」

そうして仁美はスケッチに戻り、角度を変えて数枚描いて今に至る。さらに「次はどういう縛りのポーズがいいかなあ」と言いながら、回想から覚めた光雄に正面から近づき胸部を凝視してニヤリと笑った。

「わっ、わわわーっ、亀山の乳首、すんごい勃《た》ってるじゃーん」

仁美は嬉しそうに言って、指で光雄の乳首をくすぐってきた。

「こ、こらっ、駄目だよ、止めろって、くううう」

「くすぐったい？　んんん、あれ？　もしかして感じてる？　なんか、チンチンがものすごく大きくなってるもん」

仁美に言われるまでもなく、乳首刺激によってあっという間にイチモツはフル勃起状態になってしまった。

「指で弄られたりしたら、誰でも感じるってば」

光雄は恥ずかしくなって言い訳したが、勃ってしまったものはどうしようもない。男のシンボルは、喜んでいる犬の尻尾のようにビクンビクン揺れた。

「へえー、そうなんだぁ。うふふ、楽しくなってきたわん」

仁美はノリノリの口調で言い、男友だちの乳首を弄び続けた。爪でカリカリ掻いたり、二本の指を使ってつまんでクニクニこねたり、指の腹で乳頭を押さえチヨンチヨン弾いたり、クリンクリンと円を描いたりした。

「ヤバいヤバいヤバい、このままだと乳首だけでイッちゃうってば」

光雄が訴えると、仁美は指の動きを止めずに訊いた。

「えっ。亀山って、乳首を弄られるだけで射精しちゃう人？」

「ち、違う。射精はしないで、ドライオーガズムでイクんだよ」

「えっ！　じゃあ、メスイキを極めたってこと？」

「一応ドライでイケるけど、極めたかどうかはわからない、ってか、うぐぐぐっ。ほら、天海がずっと弄ってるから、乳首で軽くイッちゃったよ」

光雄が上半身をビクビクさせているのを見て、仁美は訊いてきた。

「すごい。乳首の他には、どこでイケるの？」

「前立腺とか、亀頭とかだね」

「わたし、亀山をドライでもっとイカせたいな、いい？」

「あう、あううっ。ま、まあ、いいよ」

縛られたまま抵抗できない状態で、身体をいいように弄ばれているのだ。こうなったら、毒を食らわば皿までという気分になっていた。

「そうだ、アネロスがあるから入れてみる？」

「何それ？」

「昔はエネマグラって名前の、前立腺を刺激する器具よ」

仁美は、部屋の隅に置いてあった大きめの旅行用トランクの蓋《ふた》を開けて、中からアネロスや潤滑剤、コンドームの束を取り出した。

あとで聞いてわかったのだが、綿ロープやアネロスは女王様をしている先輩から貰ったそうだ。さらにトランクにはコンドームや潤滑剤、他にも大人のオモチャが入っていた。

それらは、大学でセーフティ&エンジョイセックスがテーマの、大規模なグループ展をやったとき、協賛メーカーが提供してくれた商品の余りらしい。

「立ったままだと大変そうだから、ベッドに移動しようか。あと縛りも後ろ手じゃないやつにしてあげるね」

仁美は言って、光雄をベッドへと誘《いざな》った。

そして光雄は右手と右足首、左手と左足首を拘束され、仰向けでM字開脚という恥ずかしい格好をさせられた。だが乳首を弄られ、フル勃起した男根を見られたあとなので、羞恥心よりもプレイへの期待の方が勝っていた。

仁美は、光雄のM字に開かれている両脚の間にペタンと座っている。

「それじゃあ、入れるね」

静かに言って、コンドームを被せ潤滑剤を塗った前立腺マッサージ器具を男友だちのアヌスに近づけた。ほどなく、ヌルリとした感触とともに肛門にアネロスが入ってきた。

少々窮屈な感じはするが、痛みはまったくなかった。驚いたことに、ＰＣ筋を使って男根をビクンビクンと動かすと、確実に前立腺がマッサージされた。途端に、じんわりとした快感が身体中を駆け巡る。

ずっと挿入していると前立腺がキュンキュン疼いて、ライトなドライオーガズムを味わえそうな感じだ。ゆっくりと脳内が、やさしくて甘い官能の霧に包まれていくのである。

「あらあら、我慢汁がこぼれそう」

仁美の声とともに、尿道口に快感が走った。細くて柔らかい何かでくすぐられているみたいである。光雄が自分の股間に目をやると、いつの間に持ったのか仁美は絵筆の先を尿道口に刺し込んで、カウパー氏腺液を吸い取っていた。

「えええっ？　天海、何やってんの」

「うふぅん、さっきは指だったでしょう。どうせならもっとソフトな、違う触感を味わってもらいたくなったの」

そう言って仁美は、カウパー氏腺液で毛先を濡らした絵筆で裏スジやカリ首をくすぐり始めた。おそらく、ＰＣ筋とアネロスで前立腺を刺激している効果もあるのだろう。亀頭全体が、通常よりも敏感になっていた。

「ぼくが縛られて抵抗できないからって、天海ぃいいい。ううう、自由にさわりすぎだろう」

「でも、気持ちよさそうだよ」

「ううん、んぐぐ、ムチャクチャ気持ちいいけどさ」

「亀山のチンチン、バッキバキだもんね。どうすれば、ドライでイクのかな。ウエットでイカす場合は普通、こうやって手で抜いてあげるんだけど」

仁美は絵筆を持っていない手で、肉竿を握って強くしごき始めた。途端に快感が、肉棒の先端と根元の間を行ったり来たりする。絵筆によるタートルヘッド愛撫は根元に向かい、指によるシェイク刺激は先端に向かうのだ。

「天海、そのまま続けて」

「いいよ」

「なんだか、くうう、普通と違う感じかも」

通常であれば射精の兆しが生まれるはずだが、アネロスにより身体がドライオーガズムモードになっていた。ＰＣ筋をキュンキュン動かすと、仁美によって施されているミックス快感が前立腺辺りでスパークした。

「あっ、来た。うぐ、ぐっ、うぐぐぐっ」

光雄が宣言すると同時に、オーガズムによる数回の脈動快感が脳天を突き抜けていった。もちろん精液は一滴も出ず、太ももがワナワナと痙攣し続けていた。

「うっく。亀頭と竿と前立腺、全部が重なってイッたから余韻がすごいよ」

「ふぅあぁん。わたしね、男女両方とも縛って攻めたことがあるんだけど、男の子のドライオーガズムを見たの初めてで、ちょっと感動しちゃった」

仁美は言って、絵筆を置き肉茎から指を離した。

3

仁美は、光雄を拘束している綿ロープを解《ほど》きながら呟いた。

「亀山の変態部分を見せてもらったから、何だかわたしも変態性指向のお試し体験をしてみたくなったなあ」

「んん？　どういうことをしてみたいの？」

「スパンキングって知ってる？」

「えっと……。お仕置きとかで、お尻を叩くやつだっけ？」

「正解」

「つまり、ぼくの尻を叩きたいってこと？」

光雄の質問に、意外な仁美の答え。

「逆よ。わたしのお尻を、叩いてもらいたいんだけど」

「天海って、どういう変態なんだ？　緊縛して、男を攻めるのが好きな女王様系じゃないのか？　Mっ気があったり、痛くされるのも好きなの？」

「どうだろう、よくわかんない。緊縛に興味を持ったのって、最初はアニメか戦隊もので、ヒロインが敵に捕まってロープで縛られてたシーンだったの。美大に入ってから先輩の女王様に頼んで体験させてもらったけど、縄酔《なわよ》いもしないし、別に気持ちよくもなんともなかった。むしろ、縛るほうが楽しくなって今に至るって感じ」

「妄想と現実じゃ、感触が違ったってことか」

光雄は、綿ロープから完全に解放された。つまり、全裸の男女が対面しているだけの状態である。しかも亀頭ドライでイッただけなので、ビンビンの勃起はまだ続いている。

「スパンキングもね、たぶん昔のアニメでお仕置きのシーンを見て、ドキドキしたのが最初。子どもの頃からずっとお尻を叩かれてみたかったし、緊縛もだけどオナニーのネタになってたかなあ」

「そ、そういうもんなんだ」

「女の子って、性に対して後ろめたさや罪悪感を持ちがちだし、セックスは快感よりも痛みから入るって知らされるでしょう」

「うんうん」

「だから痴漢とかレイプとかSMとかって、無理矢理にエロいことされるシチュエーションでオナニーする女の子、けっこう多いんだよ」

「な、なるほど。勉強になるなあ」

光雄も仁美もムラムラしているのは間違いなく、どちらともなく抱きつき「このまま、エッチしちゃおうか」と誘惑してもされてもおかしくない状態だ。

「処女時代はね、クリトリスをさわるのはオッケーだけど、膣に指を入れるのは怖いから、お尻の穴を弄って膣快感を想像するみたいなこともしてたなあ」

「なんだか童貞の、左手を他人に見立ててオナニーする努力に似てるね。でもスパンキングを含めた被虐《ひぎゃく》願望のことは、先輩の女王様に相談しなかったのか？」

「緊縛体験が先だったからね。なんだかわたしって、緊縛とか男女とも攻める女王様的な才能があるらしいの。だから、先輩や周りの友だちはみんな完全にSとしか思ってないわけ」

「つまり、今さらカミングアウトできないってことか」

「うん」

「それなら嬉しいな、協力するよ」

「本当に⁉　わたし、なんだかドキドキしてきた」

仁美はベッドの上で四つん這い、つまり、赤ん坊がハイハイするときの格好になった。

「いったい、どのくらいの強さで叩けばいいのかな？　女の子のお尻を叩くなんて初めてだから、全然わからないや」

「わたしも怖いから、最初は軽くがいいな」

「よし、わかった」

光雄はゆっくり近づいて、M指向を試してみたい仁美の尻を右手で軽く叩いた。

「はううううっ」

パチーンという音とともに、仁美は呻いた。痛みを堪《こら》えているわけではなく、とても性的な反応に見えた。余韻を味わうように、二、三度尻を振ってから突き出すというおねだりのポーズをとる。

「今のくらいが好きかも。痛すぎず、弱すぎずって感じで丁度いい」

「本当に痛くないのか？」

「まったく痛くないわけじゃないけど、脂肪が厚いからたいしたことないわ」

「感じてるってこと？」

「それは、もっと叩いてもらわないとわからない」

仁美に乞われた光雄は、尻の右側と左側の厚みのある部分を、交互に連続でスパンキングした。パチーン、パチーンといい音がして室内に響いた。

「うふぅん。音でけっこう興奮するみたい。ねえ、次は真ん中部分を叩いてもらえるかな」

「オッケー」

光雄は、美尻の中心部をパシンパシンと数回スパンキングした。右と左を片側ずつのときに比べて鈍い音しかしないのだが、別の効果があるようだった。

「ああーん、子宮に響いて気持ちいい」

仁美は喘ぎ、陶酔の表情で熱い吐息を漏らした。同時に透明な愛液が、ツツーッと太ももを伝った。女友だちの淫猥な光景を目にして、光雄は生唾を呑み込み思わず呟いた。

「天海、すっごい濡れてる」

「うん、自分でもわかるよ。叩かれた瞬間に、奥の方がジュワってなったから。わたしって、セックスのとき奥が一番感じるの。エッチな気分のときは、下腹を揺するだけでも気持ちよくなるしね」

「そういうことなんだ」

光雄は、少し赤くなった美大生の尻を撫でた。尻を叩かれて感じるのは、痛みと快感の回路が逆になっているのかと思ったのだが違ったようだ。

どうやら体外式ポルチオと呼ばれる、女性が中イキするための自己開発と同じように、子宮を揺らすことで骨盤底筋群を刺激しているらしい。

ただ子どもの頃に観た、アニメのお仕置きシーンがベースにあるのだから、Mっ気がゼロというわけではないのだろう。

「もっといっぱい、真ん中を叩いてほしいな」

仁美は尻をくねらせ、甘えた声でスパンキングを催促してくる。ならばと光雄はパシン、パシンっと仁美の気が済むまで尻を叩き続けた。

「亀山、わたしの髪の毛を摑んで、引っ張りながらスパンキングしてっ」

そんなおねだりに光雄が応《こた》えてやると、仁美は納得の声を上げた。

「ううう っ、やっぱりわたし、けっこうMかもしれない」

「きっとみんな、両方の部分を持ってるんだよ」

光雄は、攻めるのも攻められるのも好きな自分の本音を漏らした。そして指を滑らせ、ねっとりと潤った女友だちの淫裂をなぞった。

さっきはいきなり乳首やペニスを嬲《なぶ》られたのだから、これくらいのお返しをしても許されるはずである。

「あうう。どうしよう、すごく気持ちいい。も、もっとさわって」

仁美は戸惑うほど感じているらしく、嫌がるどころか愛撫を催促してきた。逆に光雄が戸惑い、膣口の濡れ具合を確かめたり、陰唇の溝に指を這わせたり、クリトリスを包皮の上から撫でたりしながら様子を窺った。

「お願い、焦らさないで。膣に指を入れたり、クリトリスも直接弄ってぇ。もう、気が変になりそうなの」

切羽詰った感じのリクエストに応じて、光雄は中指を少しずつ蜜液の源泉である肉洞窟に沈めていった。すると、量感のある水蜜桃のような尻と太ももがブルブルと痙攣した。

「あっ、あああっ、ああああああーっ」

糸を引くような、長い咆哮《ほうこう》だった。仁美が待ち望んだ場所に、待ち望んでいた快楽の波がやって来たのだ。

その証拠に中指は、キュンキュン蠢き、どんどん窮屈になっていく熱い洞窟に吸い込まれていった。光雄は立体的な愛撫を施したくて、親指で包皮から剝き出しになっているピンク色の真珠にも触れてみた。

「ああっ、うっく。亀山ぁ、そ、そこも、とてもいいの」

「じゃあ、もっと気持ちよくなれるかもよ」

光雄は膣内部にある中指の腹でGスポットを押さえて微振動させながら、膨らんだ陰核を親指で挟むように刺激した。これで中と外、二種同時の愛撫だ。

早紀さんや陽菜さんとの性体験を経ているからなのか、同い年の仁美との行為には余裕を持って接することができた。どうせなら、三種類の愛撫をミックスさせて、もっとおかしくさせたくなった。

「はううっ、たまらない。ひあっ、そんなところまで……」

ヒクヒクと蠢く、ココア色のアヌスにも舌を這わせたのだった。ゆっくり円を描くように舐めると、放射線状の皺がキュッとすぼんだ。そして、イヤイヤをするみたいに尻が揺れた。

「あっ、駄目駄目駄目っ、いっ、くっ、うううううっ」

急に仁美の身体が硬直し、シーツの海に突っ伏した。三種の異なる愛撫が効いてオーガズムを迎えたようだ。

呼吸が整うのを添い寝しながら待っていたら、仁美が急にしがみついてきた。

「亀山ぁ、すごく気持ちよかった。だから、ねえ、ねえ」

仁美は光雄の股間をまさぐり、硬くなった男のシンボルを握った。

「早く、これをちょうだい」

「この流れだと、挿入しながらスパンキングを試してみる感じなのかな。つまり、体位はバックで？」

「いきなりバックだと、痛くなるときがあるから、最初は正常位がいい」

「よし、わかった」

光雄は急いでコンドームを装着し、正常位のポジションで男根を蜜壺にあてがった。そしてゆっくりした速度で進んでいたら、亀頭が埋まったあたりで仁美はもどかしそうに喘いだ。

「うあん、うん、早く指じゃ届かない場所まで入れてぇ」

「でも、最初はゆっくり進んで性器同士を馴染ませないと……」

「大丈夫だから、奥まで来てっ」

仁美は腰を浮かせて尻の下に枕を入れて、オスの欲望器官をより深く迎え入れようとした。光雄が傾斜のついた仁美の身体に抱きつくと、イチモツはすべて洞窟内に埋まってしまった。

「ああ、これよぅ。奥ぅううう、奥が気持ちぃいん」

二人の恥丘がピッタリくっついている状態のまま、仁美は骨盤を上下に動かしていた。ヴァギナ内部では、柔らかい膣肉が男根を歓迎するがごとくうねって、フルフルした細かい肉ヒダが竿部分や亀頭にまとわりついてくる。

「あー、ぼくも気持ちいいよ」

光雄はしばらくの間ほぼじっとしており、少し腰をくねらすだけで充分に快感を堪能できた。さらに動きを止めていると、相手の鼓動や呼吸、体温をじっくり味わえることを改めて自覚する。

なんだか仁美のことが愛しくなって髪を撫で、頬擦りをしたあと、軽く唇を重ねた。舌を絡ませた短いキスのあと目が合って、二人同時にはにかんだような笑顔になってしまった。

性器を弄られたり弄ったり、セックスするのも平気だが、女友だちとのキスはどうにも照れ臭い。

「かなり馴染んできたね、わたしたちの性器って」

仁美の囁きに、光雄は頷いてから質問した。

「そろそろ動かそうかな。でも天海の場合、どうされると気持ちいいのかな？」

光雄よりも経験数が多く、自身の快感をかなり把握している仁美の要求に応えつつ、アレンジを加えるのが一番良い方法だと思えた。

「亀山は、吊り橋って体位を知ってる？」

「どうやるんだい？」

「わたしのお尻を持って、上下に振ってくれる」

「オッケー」

光雄がリクエストに応じると、仁美は息を詰めて身悶えた。まるで喘ぎ声を出すと、身体から快感が逃げてしまうかのようだった。

そしてよがり声を我慢することで、逆に肉体の反応が雄弁になっていた。膣肉がキュウキュウ締まり、肉ヒダが活発に蠢いて亀頭をくすぐってくる。

二人の恥丘は密着しているので、クリトリスも擦れるし、上下の動きで膣天井部にあるGスポットも気持ちいいのかもしれない。

この体位の受動的な刺激は、たぶん騎乗位で能動的に腰を前後に動かす感じに近い。吊り橋だと女性がマグロでいられるから、きっと楽なのだろう。

光雄にしてもピストン運動をするわけではないから、急激な射精感に襲われることもなかった。ヴァギナが醸し出してくれる複雑な快感を楽しみながら、ある程度長持ちできる気がした。

（まあ、射精しても勃起は続くから、抜かずの三発くらいは余裕だけど）

などと思いつつ、美尻を持ってユサユサ揺すり続けていたら、仁美が止めていた息を大きく吐いて訊いてきた。

「はあああん、グリグリしてきた。ねえねえ亀山、もっと深く挿入できる体位があるんだけど、そっちにしてもいい？」

「もちろん、どうすればいいんだ」

光雄は、持ち上げていた尻を下ろし男根を引き抜いた。

「えっとね」

仁美は、まず腰枕を外した。次に、右肩を下にして横向きになった。左膝を水平に上げて、光雄の足の間に右足を伸ばした。

「これで、入れてみて」

「うん」

光雄は仁美の左足を左手で支えながら、足を交差させる感じで再度イチモツを挿入した。

「おおおおっ、た、確かにこれは深い」

「でしょう、松葉崩《まつばくず》しって体位よ。すごく、グリグリして気持ちいいの」

仁美の言うグリグリとは、降りてきた子宮口と亀頭の擦れ合う感覚のことである。光雄が腰をグラインドさせても、タートルヘッドがコリコリしたポルチオを捕らえヌルヌル擦れ合った。

そしてペニスが深い部分に届くと、柔らかい洞窟内部がまるでイソギンチャクのように収縮するようになった。肉ヒダが奥へ奥へと、引き込もうとするように蠢くのである。仁美の腹を見ると、腹筋に力が入り波打っていた。

光雄は、スパンキングのときに仁美が「エッチな気分のときは、下腹を揺するだけでも気持ちよくなる」と言っていたのを思い出した。

なので、仁美の下腹部にそっと手を添え、微振動させながらペニスに意識を集中させた。そしてくっつけた恥丘同士を離さない程度の短いストロークで、マシンガンのようにポルチオだけを突き続ける。

「あああああっい……っくううううっ、うっ、うぐぐぐっ」

ほどなく仁美はオーガズムを告げて、しばし呼吸を止めた。光雄がショートストロークのピストン運動を続けていると、タートルヘッドにポルチオが吸いつきながら擦れている快感を味わった。

「ううぅっ、ぼくもまたドライでイク、ぅうううっ」

光雄はドライオーガズムを味わいながら、これを会得したことで、童貞喪失のときのように極端な早漏体質じゃなくなっている気がした。もちろん、ある程度の回数をこなして性行為に慣れたことも一因ではあるけれど。

「あぅうん、すごい。なんだかわたし、イキッぱなしになってる」

仁美は呼吸を再開し、陶酔のまなざしで光雄に微笑んだ。

「じんわりフワフワ、幸せ気分のゾーンに入ったわけだね」

「そうよ、どうしてわかるの？　って亀山は男なのにドライでもイケるから、女のオーガズムの感覚をお見通しなのね」

「ぼくも、幸せゾーンに入っているしね」

光雄は、男根を蜜壺から引き抜いた。

そして二人で、互いの身体を撫でながらのまどろみタイム。

「あっ。続きをするなら、寝バックがいいな」

「天海ってけっこう、めまぐるしく体位を変えるのが好きなんだな」

「正常位だけがいいときもあるのよ。でも今日は亀山が、わたしの我がままをきいてくれるし、セックスをしながらのスパンキングも試したかったからね。それに、バックだと顔を見られないから、安心して思う存分よがれるのよね」

「なるほど、乙女心ってやつだ」

光雄は同い年の女の子と、対等に二人で作り上げるセックスをした気がして、なんだかとても嬉しかった。恋人とする性行為は、きっとこんな感じなのだろうと一人で納得した。

＊

その後、スパンキングしながらの寝バックで、仁美はものすごく乱れた。正常位のバリエーションや松葉崩しと違って、自由に腰を振るので光雄の方が翻弄されてしまった。

クライマックスを迎えた仁美は、膣肉をきつく締めて、肉竿をしごくような動きをした。光雄はウエットモードになり、ドライで蓄《たくわ》えた数回分の精液を一気に放出した。体力を使い尽くし、ヘトヘトになった二人は抱き合って仮眠した。

光雄がうたた寝から起きると、仁美はベッドにいなかった。創作モードに覚醒《かくせい》したらしく、一心不乱という感じでスケッチブックに向かっていた。

光雄がチラリと覗くと、魔女にアヌスや性器を弄られる騎士や、怪物にスパンキングされるお姫様などのラフ画がいくつも描かれていた。さっきのプレイでイメージが膨らみ、すぐに作画できることにいたく感心した。

オーラルセックスはまだしていないし、試していない体位もまだまだたくさんある。ＳＭ関連なら鞭《むち》とか蠟燭《ろうそく》とか、変態という意味では野外プレイなども楽しそうだ。

仁美とならきっと恋愛と性愛が合体した、クリエイティブでセックスフルな理想の恋人関係を築くことができるように思えた。

「なあ、天海。ぼくたち、このまま付き合っちゃうってのはどうかな？」

光雄が上機嫌で訊くと、仁美はまったくつれない返事。

「うーん。告白もしないうちに、女友だちに誘われただけで、すぐエッチしちゃうような男と付き合うのは、ちょっとね」

「だって、誘ったのは天海なのに……」

「あはは、そうだけど。わたしの恋人は今のところアートだけだから、付き合うとかって面倒臭いのは嫌なの。そういうことなんで、ごめんなさい」

仁美は言って、脳内イメージをスケッチブックに描くことに没頭した。もう話しかけても、返事をしてくれなくなった。

（なんだか、告白した途端に振られたみたいだ。抱き合ってるときは、メチャクチャいい感じだったのに。もしかしてリリーが言ってた、愛のないセックスで生じる気まずさやむなしさって、こういうことなのかも……）

モヤモヤした光雄は、歩いてアパートへ帰ることにした。

第四章　心のエアポケット

1

「大丈夫ですよ」

光雄は暗闇の中で、伊藤沙織《いとうさおり》という名前だけしか知らない年上の女性を抱きしめていた。たまたま居合わせた沙織と二人で乗ったエレベーターが故障したらしく、箱内に閉じ込められてしまったのだ。

しかも非常用の電気がつかず、エレベーターの箱も揺れるので、不安になった年上女性の方から光雄に抱きついてきた。

「怖い怖い、このまま下まで落ちたらどうしよう」

「だ、大丈夫ですから。あの、ぼくは亀山光雄。二十二歳の大学生です」

何を喋っていいのかわからず、とりあえず自己紹介をして気を紛《まぎ》らわせようとした。

「あ、あたしは、伊藤沙織。年齢は、四捨五入すると三十路《みそじ》だから秘密ね。きゃああ、また揺れてるぅ」

「きっと、大丈夫ですから。すぐに誰かが助けに来てくれます。だから怖がらないで」

光雄は同じ言葉を繰り返し、沙織を強く抱きしめることしかできない。

そもそも、この高層ビルの展望台に昇って広い空と眼下に広がるビル群を見ていた。もちろんリリーの元を訪れ、水晶玉占いに従ったのだ。

広い空の効果は絶大で、仁美との一件以来ちょっとむなしくてモヤモヤしていた胸のつかえが消えていくような気がした。風景に見入っていたら、隣に佇む少し年上に見える女性が呟いた。

「本当はね、ここは夜景が最高なの。特に地方から上京してきた女の子にとっては、東京を実感できる場所だから」

「そうなんですか」

「好きな娘に告白するときに来れば、絶対に成功するわよ」

「もしかしてお姉さんは、夜にここで告白されたんですか?」

「うふふ。それは、秘密」

女性は、なんだか寂しげな表情で笑って去っていった。

しばらく東京の大パノラマを楽しんだあと光雄がエレベーターに乗ると、さっき言葉を交わした女性と一緒になった。

それが、光雄の腕の中で怯えている沙織だった。肩まで伸びた黒いストレートヘアに色白で細面。目は切れ長の一重で、少し捲り上がった上唇がエロティックだ。

第一印象は、少々陰のある薄幸《はっこう》そうな美人というイメージだった。身長は一六二センチくらいで、全体的にほっそりとしている。横から見ると薄いボディであった。しかし、出るべきところは、そこそこ出ていた。

薄紫色の、素材はおそらくニットであるワンピース姿である。控え目に盛り上がった胸部は、推定Bカップくらいか。

お洒落アイテムの意味合いが強い、黒くて太いベルトが緩めに巻かれているウエストは、キュッとくびれている。

ワンピースの丈は膝上二〇センチで、その下にスッと伸びる長い足はベージュのストッキングに包まれており、脹脛《ふくらはぎ》と足首のバランスがとても美しかった。

そんな魅力的な年上女性と、抱き合って密着しているのである。香水なのかコロンなのか不明だが、いい匂いはするし華奢で柔らかいボディの感触で淫心が湧き上がってくる。

（こんなときに、不謹慎過ぎるだろう。でも、うわわっ、ヤバいかも……）

光雄のズボンの中で、ジュニアの屹立《きつりつ》が始まっていた。もしかしたら死ぬかもという不安や恐怖が、子孫を残さなければというオスの本能を呼び覚ましたのだろうか。

（不肖《ふしょう》の息子よ、落ち着け。どうか、萎えてくれー）

心の中で祈るが、気持ちと反比例して男根に新たな血が巡り、硬度が増してバキバキになっていった。勃起に気づかれたくない光雄は腰を引くが、沙織が下腹を押し付けてくるのでまた密着状態になった。

「無理よ、こんな状況で怖がるななんて」

身体を震わせながら沙織は言って、光雄に頬擦りしてきた。

「光雄くんが、何もかも忘れさせて」

沙織は言うや否や、チュッ、チュッと音を立ててキスをしてきた。あまりに突然のことで驚いたが、光雄もたまらなくなり、同じように唇を啄ばむ。そのうちに沙織の唇が半開きになったので、光雄はハムハムと甘噛みした。

お互いの唇を順番にしゃぶるような感じになり、いつの間にか舌までも絡み合っていった。

二人とも危機的な状況下で心拍数が上がっているようだ。これもいわゆる吊り橋効果というやつだろうか。

だが恋愛のときめきと勘違いをしているわけではなく、キスや身体をまさぐり合うことに夢中になって恐怖心から逃れようとしているだけである。

(でも確かに、他のことを考えずにいられるな。もう揺れなくなったし、真っ暗なのは好都合かも)

光雄は、腰の辺りに回していた左手を下ろし沙織の尻に触れてみた。じつはエレベーターに乗る前から、沙織の尻に釘付けになっていた。こんもりと上を向いているし、張り出しが大きい。

いわゆる出《で》っ尻《ちり》というやつで、見ているだけでも淫らな欲望が疼いた。キスを続けながら、意識を手に集中して右側の尻肉に触れる。じんわりと体温が手の平に伝わってきた。しばらくは動かさない。

やがてワンピース越しに、そろり、そろりと力を加える。そして、じっくりと形を確かめるように撫でた。

尻を包んでいるのが柔らかいニット生地なのでさわり心地がいい。軽く押して、肉の張り具合を確かめたりして遊ぶ。なんとも硬すぎず柔らかすぎず、ほど良い脂肪の付き具合だと思った。

次に、右手で左側の尻肉を同じように可愛がった。それから、尾てい骨辺りに中指を置き、出っ尻渓谷の探検に向かった。ニット越しにユルユルと中指を尻のワレメに往復させる。

最初は上から下へ、そして下から上へ。徐々にスピードアップして、中指はアヌスのある場所に届いた。すかさずトントンとノックすると、沙織は尻をキュッと締め中指の動きを阻止した。

(ううむ。これじゃあ、感じているのかどうかよくわからないぞ)

光雄が締まっている尻のワレメをやや無理矢理掻き分け、中指をグニグニ進ませると、沙織は尻全体をもどかしげにクネクネさせた。やがて締まっていた臀部の筋肉も緩み、中指はアヌスとヴァギナの間に到達する。

蟻の門渡り部分をくすぐると、閉じていた足が少しずつ開いていった。さらに沙織は、背中を弓なりに反らせて尻を後ろに突き出した。

（うおおお、尻がもっともっとって言ってるみたいだ）

光雄は沙織が中指の悪戯を積極的に求めているとわかった瞬間、ある痴漢モノAVの監督インタビューを思い出した。

曰く、現実の満員電車での痴漢行為は、最低最悪の犯罪である。だがAVの現場においては、手と尻の恋愛のつもりで撮っているとのこと。

それは言語のない野生動物の世界で、男の手が気に入った尻をさわり、さわられた女の尻が拒絶せずに受け入れた瞬間がクライマックスだとか。

だけど、降りる駅に着いたらエンディング。ただそれだけで決して成就することのない、世界でもっとも短い純愛ドラマなんだと熱く語っていた。読んだとき光雄は、よく意味がわからなかった。

だが、監督の「男の手が女の尻に、受け入れられた瞬間の全身に血が巡る感じを映像化したかった」という締めの言葉が印象的だった。まさに今、全身に血が巡る感じを味わっている。

たまらなくなった光雄が、ズボンの中にある熱く硬い昂ぶりをビクッ、ビクッと動かして下腹をノックすると、沙織はキュッ、キュッと尻肉を収縮させて返事をしてくれた。

（ああ。言葉は交わしていないけど、たぶん気持ちは同じだ）

なんだか甘酸っぱい感覚で胸がキュンキュンして、もどかしくて淡い快感に包まれた下半身はとても悶々としている。

ひどく猥褻なことをしている感じがするのは、出会ってほとんど互いのことを知らない関係だからだろうか。

あるいは、エレベーターという日常空間だから。もしくは、服を着たまま欲情を押しつけ合っているからか。当然のごとく答えは出ないが、オスの欲望器官に力を入れるたびにドクッ、ドクッと我慢汁が溢れた。

そしていつの間にか、二人は接吻を終え頬擦りをしていた。沙織は光雄の耳たぶを噛んだあとに「んふぅっ」熱い息を吹きかけてくる。

光雄は、両手で年上美女の尻を強く摑みグッと引き寄せた。そして右足を一歩踏み出し、沙織の股を割る。前に出した右足の太ももに、柔らかい恥丘が密着した。

光雄は爪先立ちになり、太ももで陰部を何度か圧迫した。すると沙織は、ゆっくりと少しずつ、自ら腰を前後に動かす。

光雄の太ももにクリトリスを擦りつけるような感じだった。こんなふうに、積極的に快感を得ようとする行為はあまりにもエロティック過ぎる。

「ねえ、光雄くん。もっと大胆にさわってもいいのよ」

沙織が耳元で囁くので、光雄は彼女のワンピースの裾をたくし上げ、ストッキングに包まれた太ももの裏側に触れた。焦らずに、ゆっくりした速度で指を這わせ、女の中心部に近づけてゆく。

(えええええっ！)

すると、太ももの途中でストッキングが途切れ、生肌を感じた。沙織が身につけていたのは、普通のパンティストッキングではない。

ガーターベルトなしでも履ける、上端にゴムが編み込まれているセパレートタイプのストッキングだった。しっとりと柔らかい太ももを撫でながら、さらに上へと進む。だがしかし、パンティと尻の境目が見つからない。

(あれ、おかしいな？)

いつの間にか、つきたての餅のような生尻を両手で摑んでいた。

(ま、まさか、ノーパンなのだろうか？)

それを確かめるために、尻のワレメに向かったら指は紐状の布に触れた。つまり、Ｔバックのパンティを穿いているのだとわかった。光雄は沙織のワンピースを、腰まで一気にたくし上げてお洒落ベルトに引っ掛ける。

暗闇なので見えないが、おそらく真っ白い下腹、Ｔバックパンティと真っ白い太もも、セパレートタイプのストッキングという卑猥な下半身が丸出しになっているはずだ。

「いっ、いやぁあああんっ」

沙織の媚《こび》を含んだ甘い喘ぎ声は否定の意味ではない。光雄が指をヴァギナ部分に這わせると、パンティ生地がジュクジュクになっているのがわかった。

クリトリス部分がポチッと膨らんでいるので、カリカリと軽く掻くような微動愛撫を加える。

「あううっ、あああっ。感じすぎちゃうっ、駄目ぇええええっ」

沙織が大きなよがり声を上げたのと同時に、突然エレベーターが復旧し電気が点いた。その途端、二人は離れた。

光雄の、このまま立ちバックでセックスに突入という勢いも、綺麗さっぱり削がれてしまった。そして隅と隅に立ち、目を合わさずに壁を見つめているうちにエレベーターが一階に着いた。

ドアが開くと、警備員やビル管理業者らしき数人が謝罪の言葉を述べた。だがそれを聞く間もないほど性急に、沙織は光雄の手を引っ張り早足にビルを出た。

「光雄くん、ごめんね。あたし、最近嫌なことばっかりで、心がエアポケット状態っていうか……。エレベーターの故障は偶然だったけど、人肌が恋しかったんだってわかったの。だから、ありがとう」

「ちょっと嫌なことがあったのは、ぼくも同じですから」

「これから、まだ時間ある？　あたし、一人になりたくないの。だから、もう少し付き合ってほしいの？」

「どこに行くんですか」

「ラブホテル、かな。セックスはしてもしなくてもどっちでもいいけど、ベッドでゆっくりしたいし、何よりも腕枕をしてもらいたくて」

沙織は、そんなふうに光雄を誘った。

2

そして、一番近いラブホテルに入った。空いている部屋は一つだけで、浴室にソープランドみたいなエアマットがあった。二人ともけっこう汗まみれなことに気づいて、一緒にシャワーを浴びることにした。

「光雄くんは、体験してみたいイメージプレイってあったりする？」

沙織は服を脱ぎ、髪をまとめながら訊いた。

「えっと……」

「あたしはね、電車の中で痴漢されてるうちに感じちゃうっていう鉄板のオナニーネタがあるの。さっきエレベーターの中でそれを体験できたみたいな感じだったな」

「だったらぼくがやってみたいイメージプレイも、ここでなら実現できるかも」

「いったい、どういうプレイなの？」

「AVとかの、逆ソープランドっていう設定です。ぼくがボディ洗いとかマットプレイとか、お客さんの女性にサービスをするみたいな」

「よくわからないけど、いいよ。じゃあ、そのプレイ、やってみよ」

沙織は言って、室内にある自動販売機でマットプレイ用のローションを買ってくれた。そして、逆ソープランドごっこをすることになった。バスルームに入ると、沙織は置いてある椅子を見て言った。

「変わった椅子ね」

局部が洗いやすい凹型の、通称スケベ椅子のことだ。

「まず身体を軽く洗いますから、こちらにお掛けください」

「はい」

「温度は、このくらいで大丈夫ですか？」

光雄はシャワーのお湯を、沙織の手に当てて温度を調節した。

「ええと、もう少し熱くしても、大丈夫です。あっ、このくらいで」

沙織からオーケーが出たので、背中から始めて全身をサッと流した。それから、やはりシャワーのお湯で勢いよくボディソープを溶き、クリーミーな泡をたくさん作った。

光雄は泡を両手にとって、沙織の正面に跪《ひざまず》いた。まず、沙織の右の手と指に泡を塗る。指を一本ずつ握って洗い、手の平もマッサージしつつ泡まみれにした。

「こんなふうに自分の身体を、男性に洗ってもらうのって初めてだから、照れくさいね」

照れる沙織に、光雄は女性用の風俗セラピストになったつもりで言った。

「そうですか。でも、もしかしたら、やみつきになるかもしれませんよ」

手首から肘に移り、立ち上がって、右肩と腋の下に泡を塗った後、二の腕に引き返して揉んでいたら沙織が訊いてきた。

「あのう、あたしのそこ、太くない？」

「別に、太くないと思いますよ。あっ、もしかして振袖肉ってのを気にしてるんですね。全然大丈夫じゃないですか」

「うーん。でも、二十代前半の頃より、太くなってるのよねー」

「男目線で言わせてもらうと、沙織さんはもう少し脂肪を付けた方が魅力的だと思いますよ」

「付いてほしくないところには、いっぱい付いてるんだけどね、脂肪」

右腕のマッサージが終わったので、左の手と指から肩までを同じ段取りで泡まみれにした。

「ねえ、光雄くん。二の腕の肉の柔らかさと乳房は同じってよく聞くけど、本当なのかしら？」

喋りながら沙織は、目の前で揺れる光雄のイチモツを見つめていた。

「どうでしょう。腕はトレーニングすれば、脂肪を絞れますから」

光雄は、Vゾーンに泡を塗るためにしゃがんだ。

「失礼しまーす」

臍《へそ》から太ももの付け根辺りに、泡まみれの手を這わせた。

「このスレンダーなスタイルを維持するのは、すごく大変なんでしょうね」

光雄はリップサービスをしながら、チョロチョロッと生えている薄いヘアも泡だらけにした。

沙織はスケベ椅子に、足をピタリと閉じて座っていた。なので光雄は、右太ももに泡を塗りながら言った。

「少し足を開いてくださいね」

それから光雄は、自分の股間も泡まみれにした。沙織の右太ももに跨って、体重をかけないように気をつけながら、泡まみれの玉袋を滑らせた。

「あんっ、いやらしい蛇が、鎌首《かまくび》をもたげて迫って来るぅ」

沙織は、嬉しそうに喘いだ。ならばと光雄は何度か往復して、沙織の下腹辺りを男根でツンツン突いてみる。そして、左太ももを洗うときも同じようにした。さらに足の裏まで泡まみれにして、膝から下を股に挟み込んで屹立を擦りつけた。

続けて沙織の伸ばした足の、もちろん足指も一本ずつ洗った。

「んふぅううう」

沙織は悩ましい吐息を漏らした。もしかして、オスの欲望器官の熱さを肌に感じたからだろうか。いつの間にか、両足は一二〇度くらいに開かれて、淫裂が丸見えになっていた。

スケベ椅子の凹みに手を入れて、沙織の股間の底部分、淫裂の始まりから尾てい骨近くまでを洗った。

「あああっ、いやぁああんっ」

沙織は、白い喉を見せながら甘く悶えた。光雄は指や手の平だけでなく、手首から肘辺りまでを使って、何度も何度も往復させたのだった。沙織の花園部分は、ボディソープの泡など必要ないくらいにヌルヌルになっていて滑りがよかった。

「これで下半身は、すべて泡まみれになったので、上半身を洗いますね」

光雄は宣言して、沙織の首から肩、鎖骨などに泡を塗った。

「それにしても、綺麗な身体ですね。首から肩にかけてのラインが本当に美しい」

逆ソープAVで男優が放つ歯の浮くようなセリフだが、セラピストを演じていると自然な感じで囁くことができるのが不思議だった。目が合うと、沙織の瞳が潤んでいた。なんだか、ボーッとした表情になっていた。

「それと、鎖骨の形がいいですねえ。すごく、鎖骨美人だ」

光雄による褒め殺し攻撃。顔のいい女は、人が褒めない場所を褒めてやると喜ぶ。当然、いつも褒められているであろう場所を褒めることも忘れてはならない。

叔父さんの日記に、そんなことが書いてあったことも思い出した。

「まったく、奇跡のようにくびれてますすねえ。エステだけじゃなくて、ジムでいろんなエクササイズを、こなしているんでしょう？」

言いながら光雄は、ウエストラインをなぞり胸部にも泡を塗った。オッパイの形を、確かめるように円を描いた。

「でも、私の胸、ちっちゃいでしょう？」

きっと沙織は、そんなことありませんよという答えを求めているはず。

「大きすぎず小さすぎず、一番いいサイズですよ。ほら、手の平にピッタリ収まる。それに……」

光雄は、コリコリになっていた乳首を指先で小さく弾いた。

「あっ、あっ、ああんっ」

途端に、沙織が可愛らしい声で喘いだ。

「とても敏感ですし」

光雄は自分の胸にも泡を塗り、沙織を抱きしめた。そして、背中にも泡を塗りつつ耳元で囁いた。

「そうだ、忘れてました。乳首は……、これをこうして……」

光雄は立ち上がって、ビンビンのペニスでコリコリの乳首を順番に擦った。もちろん、逆ソープAVで観た男優の技の真似である。

「いっ、いやらしい。もうっ、こんなエッチな洗い方をされるなんて」

沙織は、上半身をクネクネと揺らしながら悶えた。

それから光雄はしゃがんで、スケベ椅子の凹部分にシャワーヘッドを入れて、アヌスやヴァギナ、クリトリスについたボディソープの泡を洗い流した。

「うくっ、うくっ、これっ、気持ちいいかも」

水圧による刺激で、沙織の身体がビクビクと震えた。クリトリスを剝き、シャワーを当て続けたら、前のめりになって足を踏ん張った。

「んんんっ、んくぅうううっ」

沙織は、オーガズムに達して全身を硬直させた。

3

ボディ洗いのあと、沙織はやや放心状態で湯に浸かっていた。その間に光雄は、シャワーのお湯でローションを溶き入念に混ぜた。

終わったら、マットにシャワーをかけて温める。頭が当たる部分には、バスタオルを敷いた。そして、お湯で溶いたローションをマットに塗った。

（さて、どういう段取りにするかな。いきなり仰向けでも、別にいいかも）

ＡＶで観たマットプレイは、うつ伏せで始まりねちねちと焦らすのが定石《じょうせき》なのだが、光雄は沙織の乳房を愛撫したくてたまらなくなっていた。

「こちらにどうぞ」

光雄は言って、バスタブから出た沙織の手を引き、マットの上で仰向けに寝かせた。

「それでは、マットプレイを始めますね」

お湯で溶いたローションをバストに垂らす。そして胸部全体に、まんべんなく塗りながら揉むと吐息混じりに沙織が呟いた。

「ふぅー。温かくて、ヌルヌルして、素敵」

改めて、スケベ視線でオッパイを観察する。お椀型。手の平にぴったり収まるBカップサイズ。薄茶色の乳暈は小さめで、乳首は甲州葡萄《こうしゆうぶどう》くらいの大きさがあり、すでに硬くなっていた。

光雄の手の平が乳首を掠《かす》ると、沙織は即座に喘いだ。

「うっ、ああんっ」

反応がいいので、右乳首を口に含んでしゃぶり、左乳首はクリクリと指で弄った。顎や首にも吸い付いて、舌を這わす。鎖骨を通り、〝の〟の字を描くような動きで、徐々に下半身へと向かった。

「うふんっ、ローションって気持ちいいんですね」

沙織の呟きに、光雄も納得した。ローションは密着感が増す。触れ合っている肌と肌が吸い付いて、二人の身体が一つになったような感じがするのだ。

光雄は沙織の性器を避けつつ、腰の周辺に爪を立てた指で羽毛タッチのマッサージを施した。

さらに内もも辺りを舌でなぞり、左手で鎖骨からバスト、右手で膝裏から脹脛を撫でさすった。それから添い寝する格好になり、足も絡め、身体をヌルヌル擦り合わせた。

「うふふ。なんだか、鰻のカップルになった気分」

沙織は光雄の耳を舐めながら囁いた。

「ぼくの上に乗ってもらえますか。えーと逆向きで」

「えっ、でも重いわよ、あたし」

「全然、大丈夫です」

仰向けになった光雄の胸の上に、沙織の尻が乗った。すかさず、ローションでテカテカと光る尻を摑んで揉んだ。

「うーん、いくら揉んでも飽きない」

「こんな大きくて、脂肪のついたお尻でも？」

「最高ですよ」

「本当に？　じゃあ、いっぱいさわってください」

「はい、喜んで」

光雄は尻を、やさしく撫でてから力強く揉む。手に柔らかい尻肉が吸い付く感じが心地いい。すると、尻の谷間に咲く花が見えた。指を伸ばし、ヒクヒクと蠢くアヌスを弄った。

「そこは、恥ずかしい」

とは言うものの、沙織は本気で嫌がってはいない。光雄は沙織の尻を目の前に引っ張り上げ、舌を伸ばしてココア色をした放射線状の皺をペロリと舐める。

「あううっ。きっ、汚いから」

「そんなことありませんよ、さっき洗ったじゃないですか」

光雄は言ってから舌を尖らせ、ゆるゆると円を描くように這った。

「はぁん。だって今まで誰にも舐められたことないし」

「アヌスを舐められる快感は、ウォッシュレット感覚ですよ。あれ、けっこう気持ちいいでしょう、どうですか？」

「あっ、へんな感じ。あっ、あうっ。本当だ、ウォッシュレットと同じね。くすぐったいと気持ちいいの中間」

沙織は、尻穴の快感を楽しみ始めた。なので、舌の次は指でくすぐった。ローションと唾液で潤滑効果は抜群な状態だから差し支えない。

舌はその下にある生牡蠣に似た器官を目指す。ローションではない液体が染み出していたので、すくい取るように舐め上げた。

「あはぁ、それ、いい。もっとして」

そう言う沙織の期待を裏切り、光雄は熱い息を吹きかけた。すると、さらに下に埋まっている肉色の真珠がヒクヒクと蠢いた。そして、閉じていた肉厚な花弁がゆっくりと開いていく。

光雄は鼻をヴァギナに埋め、舌と口で真珠をしゃぶった。さらに、指でアヌスをくすぐりながらの三所責めをした。

「イ、キ、そ、う」

沙織が切れ切れの喘ぎ声を出した。同時に、尻と太ももの筋肉が痙攣し始める。なので、光雄は肉洞窟に中指を入れた。

第一関節まで埋まると、キュッと指を咥え込むように締まった。同時にココア色のアヌスも締まる。

狭い膣肉の中を第二関節まで進めて、腹側にあるプクッと膨らんでいる場所を押さえる。少々、抜き差しするように動かした。そうしながら舌で淫ら豆をねぶると、ヴァギナ内部がうねって中指がまったく動かせなくなった。

「ああっ、止まらない。またイクッ、イクイクイクゥ」

沙織は宣言してオーガズムに達した。しばらくして光雄が膣から指を引き抜くと、沙織が身体を反転させてずり上がってきた。

「もうっ、一体何をしたの？」

沙織は光雄の乳首を、チュチュッと愛撫しながら言った。そして、答えようとする光雄の唇を奪った。舌を絡めとろうとする、情熱的なキスだった。さらに「ねえ、ねえ」と言いながら、頬、首筋、耳にキスの雨を降らせる。

「そろそろ、入れてもいいですか？」

沙織がペニスを撫でながら言うので、光雄は答えた。

「いいですけど、コンドームを取ってこないとヤバいですよね」

「平気。あたし、ミレーナっていう避妊リングを入れてるから。ピルと違って、呑み忘れを気にしなくていいから楽なのよ」

そう言って、沙織は騎乗位の格好になった。肉竿を握り、亀頭でクリを擦ってしばらく楽しんだあと、ヴァギナの入り口にあてがい腰を落とした。

「あうぅぅんっ」

濃い呻きとともに、ニュルンと深く繋がった。

「んんん。すごく、気持ちいい。快感が、身体の隅々まで沁みるわ」

沙織は光雄を見つめ、尻をくねりくねりと揺らしながら男根を味わった。それから、少しずつ、上下に動き始めた。なので光雄は、バランスを崩さないように沙織の腰をやんわり摑んだ。

沙織は、目を閉じて眉間に皺を寄せ、ゆっくりと膣奥深くまで男性器を埋めている。そして、モジモジと腰を振る。きっと、子宮口に亀頭が当たる感触を楽しんでいるのだろう。

だんだん口元が緩み、眉間の皺も消え陶酔の表情に変化していった。そのあと素早く腰を浮かせ、ヴァギナの入り口で亀頭の感触を楽しみ、またゆっくり膣奥まで入れる。そんなふうな、肉棒の出し入れを繰り返した。

ぺったんぺったん、餅つきのような音がバスルームに響く。

沙織は目を閉じてひたすら自分の快感だけに集中しており、光雄の存在を忘れているようにも見えた。そんなふうに表情を観察していたら、沙織は驚いたようにカッと目を見開いた。

光雄と目が合った途端に「やだっ、恥ずかしい」と叫び、肉柱を入れたまま一八〇度回転した。顔を隠して、尻隠さず。結合部分が丸見えの、月見茶臼《つきみちゃうす》と言う体位になった。

再度、快感に集中する沙織の背中が、弓なりに反ったり、丸まったりしていた。

光雄は収縮するアヌスや、イソギンチャクのようにペニスを咥え込んで離さないヴァギナを眺めていた。

「ねえ、もう少し、もう少しなの」

沙織は、より深いオーガズムが近づいていると自己申告してきた。快感のテンションと切羽詰った情動が、繋がっている部分からも伝播してくる。

光雄はPC筋を引き締めていても、強烈な射精感がすぐに襲ってきそうな状態になっていた。

「つくっ！　これよ。ああっ、これなのよ」

沙織の言葉とともに目の前の尻が、激しく痙攣してキュッと固まった。つまりなんとか粗相せずに、耐えることができたわけだ。ホッとした刹那、光雄も爆《は》ぜた。

「ああああっ。ドクドクッて、熱いのがわかる。わかるのぉ」

そして、後ろ向きの女体がゆっくり弛緩《しかん》していった。

*

バスルームを出た二人は、ベッドでまどろんでいた。沙織に腕枕しながら光雄は訊いた。

「ぼくのセックス、気持ちよかったですか？」

「身体は気持ちよかった。光雄くんは、セックスが上手なほうだと思うよ」

沙織にテクニックを褒められたと思い、光雄は浮かれた。

「本当ですか、何番目くらいですか？　もしかして、今までで一番とか？」

「やっぱり一番は、好きな人とのセックスかな」

「ぼくと好きな人とのセックス、いったい何が違うんですか？」

まったくわからないので、素直に訊いた。

「最初はいいなって思ってエッチして、だんだん好きになって、お互いのことをいろいろ知って、身体も馴染んで愛してるって領域に入って、ハート、つまり心まで気持ちよくなるというか……そうなるとね、キスだけで飛ぶよ」

「キスだけで飛ぶ？」

「キスをしただけで、イケる領域に入るって意味かな」

「そんなに違うんですか」

「うん。セックスって十人と一回ずつするよりも、一人と十回セックスするほうが絶対気持ちいいの。だんだん身体が馴染んできて、愛撫の好みがわかるようになるにはそのくらい時間がかかるし、恋人同士でコツコツと、自分たちなりのパターンを作り上げる過程が最高に楽しいの」

「うーん、ハートとか心の積み重ねかあ」

まだよくわからないが、そんなセックスをしてみたくなった。

「光雄くんも、恋人ができたらきっとわかると思う」

沙織はこのところ嫌なことがいろいろあって、心がエアポケット状態だとラブホテルに入る前に言っていた。

きっと、恋人と別れたばかりなのかもしれない。自分から語らないのは、いろいろと大人の事情が絡んでいるのだろう。光雄はとりあえず、沙織の気が済むまで腕枕をしてあげたいと思った。

第五章　恋人たちの時間

1

光雄が、一日に二度もリリーを訪ねるのは初めてだった。つまり、とてもじゃないが一人で家に帰る気分になれなかったのである。

「その娘って、高校時代の恋人なの？」

リリーに訊かれ、光雄は答えた。

「別に付き合ってたわけじゃないよ、部活の先輩後輩として仲が良かっただけで」

「じゃあ何もなかったの？」

「文化祭の準備のとき、部室で二人きりになって……。その、キスをした」

「えっ、ファーストキスの相手ってこと？」

「まあ、そうだけど」

「素敵じゃない」

リリーがうっとりした表情で言うので、光雄は照れ臭くなった。

「っていうか、奈緒《なお》の匂いはまるで麻薬みたいなんだ。奈緒が近くに来ると心臓の鼓動が速まって、もうどうしようもなくなる。文化祭の準備のときだって、ぼくの肩にもたれかかってうたた寝なんかするもんだから、つい我慢できなくなってキスしちゃったんだ。でも、髪の毛というか頭皮の辺りだけど……」

「可愛いわね、頬や唇じゃなかったの」

「そう、ただそれだけ。だって、卒業したら東京に行く奴が恋人になっても奈緒が可哀想なだけだし、告白だってしてない」

「自分からあきらめたの？　たいして遠距離でもないのに？」

リリーの質問に答えようとするだけで、光雄は高校時代の感情を思い出し、当時のドキドキが蘇《よみがえ》ってきた。

「とにかく昔から奈緒のことを考えるだけで、受験勉強が手につかなくなったり、自分が自分じゃなくなるみたいなへんな感じになるから、なるべく考えないようにしてたんだよ」

「つまり、初恋ってことね。あと匂いのことだけど、ある大学の研究によると、いい匂いと思う相手とは遺伝子レベルで恋愛の相性がいいらしいわよ」

「そ、そうなんだ」

などと会話していたら、さっき交換したばかりのＬＩＮＥ《ライン》に奈緒から連絡が入った。しかも〝今から会いたい〟と書いてある。

「リリーさん、どど、どうしよう」

光雄はスマホ画面を見せ、リリーに背中を押してもらいたくて目で訴えた。

「さっき偶然再会したばかりで、もう会いたいって連絡が来たの？」

「そう、みたいです」

「奈緒ちゃんて娘も、きっと光雄のことが忘れられないんじゃないかな。あんたたちは好き同士なのよ、きっと。すぐに会いに行きなさい」

「で、ですよね、わかりました」

光雄は返事を送り、待ち合わせ場所である新宿アルタの対面《トイメン》にある階段のところへ向かうことにした。

（昼過ぎに来たときは、こんな展開になるなんて思いもしなかったな……）

一度目はいつものように、直近セックスの報告と感想だった。

「リリーさん。ぼくは、彼女がほしくなってきたよ」

光雄が恋愛運を知りたいと告げたら、リリーは意味深な笑みを浮かべた。

「ふーん。やっと、そういう気になったのね」

「えっ、何？」

光雄の疑問を無視して、リリーは水晶玉を見つめる。

「何でもない。それならとにかく、気合いを入れて占ってあげる。あっ、美術館が見えたわ」

そして光雄は水晶玉で見えた美術館へ、北欧の絵本作家の原画展を観に行った。すると高校の美術部で後輩だった長沢《ながさわ》奈緒と偶然再会したのである。光雄が高校を卒業して以来なので、四年ぶりの再会だった。

企画展内容が奈緒の好きな絵本作家だったので、もしかしたらという予感も多少はあった。とにかく偶然を喜び感激しつつ二人は、近況や互いに恋人の有無を確認するような会話をした。

奈緒は女友だちと三人で都内観光中らしく、じっくり話をする時間はなかった。なので、とりあえずＬＩＮＥを交換して見送ったのだった。光雄はこのまま家に帰って一人になるのが嫌で、リリーのところに戻ってきたという訳だ。

（えっと、東京っぽいオシャレな店でも探しておくかな）

先に待ち合わせ場所に着いた光雄は、スマホでカフェとかイタリアンレストランとか、居酒屋やバーを検索していた。

もちろん、なんとなくデートプランを練りながら……。すると、ほどなくして奈緒が待ち合わせ場所に姿を現した。

「友だち三人で旅行中なのに、別行動しても大丈夫なのかい？」

光雄が訊くと、奈緒は急にドキッとする発言をした。

「わたしが先輩のことをどう思ってるか知ってるから、二人とも気を使って、今日はみんなバラバラに行動しようって言ってくれたんです」

ドキッとすることを言われ、返答に迷った光雄は話をそらした。

「さて、どうしようか。お茶にするかご飯にするか、それとも呑みに行く？」

「お茶とかご飯は友だちと済ませたし、お酒はあんまり強くないから……。あの、先輩が今住んでるところって女子禁制ですか？」

「えっ？　いや、違うけど」

「じゃあ、今晩……、泊めてください。駄目ですか？」

奈緒は光雄を見つめ、積極的にガンガン押してくる。

「い、いいけど。そんなこと言って、どうなっても知らないよ」

光雄には、高校時代のように清い関係でいられる自信はない。もちろんキスどころかセックスだってしたいけれど、奈緒が相手だとついついカッコつけてしまいそうで、どうしていいかわからない。

「大丈夫です、いつまでも子ども扱いしないでください。わたしだってそれなりに大人の恋愛、してきてますから」

奈緒のペースに巻き込まれ、光雄は素《す》っ頓狂《とんきよう》な返事をした。

「あっ。そ、そっか、そうだよな」

そして二人は、電車に乗って光雄が住むアパートへ向かった。

2

アパートのドアを開け二人で部屋に入ったとき、光雄はさも思い出したようにぶっきらぼうな口調で言った。

「ここは女子禁制じゃないけど、好きな女の子を入れるのは初めてだよ」

何気ない会話の中でさりげなく〝好き〟というワードを使いたくて、電車の中でずっと考えていたのだった。チラリと見ると、奈緒の頬が少し赤くなったような気がした。

「とりあえず、そこのベッドに座ってくつろいでてよ」

光雄は言って、キッチンスペースで飲み物の用意をした。

「あっ、はい」

奈緒は素直に従い、部屋の中をきょろきょろ見ながらベッドに座った。ライトグレーの長袖ニットと臙脂《えんじ》色の丈の短いフレアスカートの裾をそわそわした様子で調えている。

（うおお。やっぱり高校の頃よりも、オッパイも大きくなってるよな）

胸の隆起と剝き出しになった太モモがやけに色っぽくて、光雄はドキッとしつつ訊いた。

「冷たい麦茶しかないけど、いいかな？」

「あっ、はい」

そんな会話を交わし、光雄は麦茶を入れたコップを二つ乗せたトレイを持ってベッドまで歩き、奈緒の隣に座った。喉が渇いていたので、麦茶を飲みながら美術部の後輩を見つめた。

奈緒は派手というよりは地味な顔立ちで、美人というよりは可愛らしいタイプだ。艶々とした黒髪は、肩までのセミロング。ちょっとタレ目で、おっとりした喋り方をする。

鼻はあまり高くない。おちょぼ口が可愛く、しかし唇はぽってりしていて妙に色っぽい。どちらかといえば童顔で、身長は低かった。

つまりやさしげで癒し系の、草食動物みたいな顔の下に巨乳が存在しているわけで、そのギャップがひどくエロティックなのだ。そうした印象は高校の頃からだが、数年経って色気とか艶が増していた。

ちなみに光雄が〝奈緒〟と呼び捨てにするのは、特別な意味があるわけではない。当時、美術部員にもう一人〝長沢〟という苗字の男子がいたからで、部員全員が〝奈緒〟と下の名前で呼んでいた。

生真面目で優等生タイプの奈緒が、のほほんといい加減な光雄になついたのは偶然でしかない。

美術部に入ったばかりで、石膏デッサンの描き方に戸惑っていた奈緒を丁寧に指導したからで、一種のプリンティングだったと思う。いわゆる卵の殻を割って産まれたヒヨコが、最初に見たものを親だと思い込むみたいな現象だ。

あとで知ったのだが、奈緒は男子に対して人見知りが激しかったらしい。光雄とはたまたま好きな画家やイラストレーター、漫画家などの傾向が同じで、話が弾んだことで警戒心がなくなったのだろう。

（えっと。何か、話さないと……）

沈黙の時間が続いて、部屋の空気がどんよりしている気がした。なんだか奈緒の表情や身体から、緊張感がヒシヒシと伝わってくる。

電車の中や駅からアパートまでの道すがらは饒舌《じょうぜつ》だったが、部屋に入ってからの奈緒は急に無口になっていた。

「並んで座っていると、文化祭の準備のときのことを思い出すな」

光雄が言うと、奈緒はちょっと硬いが笑顔になった。

「あのときは、助かりました」

「奈緒の考えてるメルヘンイメージの図案に、ぼくがマグリット的なシュールなアイディアを足したんだったよな」

他のみんなの作業が終わったとき、奈緒が図案を担当した立て看板だけが未完成だったので、二人で部屋に居残って仕上げたのだ。

作業をしているときは夢中だったけど、終わって購買部にある自動販売機で買ったココアを二人で飲んだ。部室の床に並んで体育座りして、完成したばかりの立て看板を観ながらだった。

「ホッとした奈緒がいつの間にか、ぼくの肩にもたれてうたた寝したんだよな」

「そしたら先輩、わたしにキスしてくれましたよね。髪の毛というか、頭頂部というか、頭皮の辺りに……」

「えっ、起きてたの？　あ、あん時はごめんっ。ていうか、奈緒のそばにいると心臓の鼓動が速まって、もうどうしようもなくなるんだ」

リリーには匂いと言ったが、実際に漂ってくる匂いというよりはフェロモンみたいなものなのかもしれない。

表面的に感じる香りは、高校時代はフローラル系のシャンプーかリンスで、今は柑橘《かんきつ》系のオーデコロンな気がする。確実に違うのだけれど、抗《あらが》うことはできないほどの衝動は同じだった。

「わたしも先輩のそばにいると、おかしくなります。あのとき実は眠った振りしてたんです。だから本当は唇にキスしてほしいなあって思ってました」

「えっ？」

「今だって……、続きをしたいって思ってます」

奈緒に言われ、光雄は彼女の手を握った。途端に、抑えていた感情が止《と》め処《ど》なく溢れ出した。童貞喪失から短期間で数人の女性とまぐわったけれど、こんなことは初めてだった。

（もしかして、好き同士だからなのか？）

上京一年目は里心がつくといけないので、実家にも正月にしか帰らず奈緒にも会わなかった。もちろん、受験の邪魔をしてはいけないという気持ちもあったのだ。東京生活は楽しかった。誰も自分のことを知らないし、気にもしないので自由を満喫できた。そんなふうに時が経つうちに、奈緒のことは高校時代の甘酸っぱい思い出として、胸の奥にしまいこんでいた。

（でも、ぼくはやっぱり奈緒が好きだ）

再会の瞬間に思って、奈緒も同じ気持ちだと知って嬉しかった。今も同じ空間にいるだけで、なんだか息苦しい。微熱があるときのように、頭がボーッとしている。

「キス、してもいいかい？」

光雄が訊くと、奈緒に見つめられた。

「その言葉、ずっと待ってました」

吸い寄せられるように、互いの顔が近づき唇を重ねた。チュッ、チュッと啄ばむバードキスを数回して、半開きになった唇から出た舌先も触れ合った。光雄は、情動に駆られ頬擦りしながら呟いた。

「ああ、ずっと、こうしていたい」

唇を重ねただけで、ずっと探していた何かが見つかった気がした。

「わたしも、です」

「じゃあ、もっと近くにおいで」

光雄は言って、後輩の肩を抱き髪に触れ頭を撫でた。奈緒がもたれかかってきたので、あの頃と同じように髪の匂いを嗅ぎ頭皮にキスをした。それから頬や瞼《まぶた》や鼻、唇などに指を這わせた。

「ああ、顔をさわられるのが、こんなに気持ちいいなんて、知りませんでした」

熱い吐息を漏らす奈緒に、光雄は自身の素直な感想を口にした。

「ぼくは、さわってるこの手が気持ちいいよ」

「そういえば先輩は、石膏デッサンのとき『見るだけじゃなくて、さわってごらん。立体感を確かめてから質感や温度、硬さを想像して描くと上手くなるから』って教えてくれましたよね」

「そんな昔のこと、よく覚えてるな」

照れ臭くなった光雄が後輩の唇の輪郭をなぞると、奈緒は先輩の指をパクッと咥え、舌でチロチロと舐め始めた。光雄はまるで、フェラチオをされているみたいな気分になった。

指フェラのあと、たくさんキスをした。互いの唇を何度も啄ばみ、上下の唇をハムハムと甘噛みし合う。さらに舌先がわずかに触れ合うのを感じたあと、交互に相手の舌を強く吸ってから濃厚に絡ませた。

求める気持ちと行為が一致して、飽くなき口づけに身をゆだねる時間を過ごしている。相性がいいとは、つまりこういうことなのだろうか。

夢中で奈緒の唇を貪《むさぼ》っていると、「いいか、この娘を手放しちゃ駄目」という声が聞こえてきた。リリーの声のようにも思えるし、幼い頃に聞いた叔父さんの声にも似ていた。

（幻聴だろうか？）

心の中で聞こえた声のあとに、快感が光雄の脳天を突き抜けた。ドライで軽くイッている感じに似ており、クラクラした。奈緒も身体から力が抜けているみたいで、自然と二人でベッドに横になった。

向かい合ってネッキングをしつつ、光雄は奈緒の脇腹や太ももや尻に手を這わせた。ニットを捲《めく》らずに、布越しの感触を楽しんだ。

まずは奈緒の身体中を、手と指でじっくり味わいたい気分になっている。なので耳や首筋、鎖骨周辺、肩や腕、手首、手の甲、手の平をゆるゆる撫でた。

腕をたどっている指が脇の下に近づくと、そこは駄目とばかりに拒絶されてしまった。

（くすぐったいのかな？）

脇を閉められ弾かれた指は、気づけば巨乳の麓にいた。光雄は乳房をさわるのを、意識的に避けていた。何故ならば奈緒は高校時代、男子生徒の間で有名な巨乳だったからだ。

他の連中と同じように、大きな乳房が目的だと思われたくなかったので、今日だってあからさまには見ないようにしていたのだった。とはいえ、さわりたくないわけはなく、ついにという感じで後輩の豊乳を手の平で包んだ。

片手で余るほどのボリュームに驚愕する。ニットとブラジャーという、二枚の布地越しにやわやわと揉んだ。張りのある、ゴムマリみたいな感触だった。

服の上から乳房を揉まれる奈緒は、とても心地よさそうだった。光雄の背中を撫でながら、頰や顎にキスの雨を降らせてきた。

そのうちに光雄は、奈緒の乳首が硬くなっていくのを感じた。手の平にしこった乳首を感じながら、乳房全体をやさしく揉んだり撫でたりし続けた。しばらくして光雄は、巨乳を揉むのを止めると硬くしこった乳首を指でキュッとつまんでみた。

途端に奈緒は、物凄い勢いで光雄の指を手で払った。

「あっ、イヤァ。ダ、ダメです」

「ごめん、痛かったの？」

「そ、そうじゃないんです。でも……」

奈緒は、言葉を飲み込んだ。

乳首をつまんだときに一瞬見せた表情は、とても気持ちよさそうだったから、どうして嫌がるのか訳がわからない。とはいえ理由を追求するより、ペッティングを続けてセックスに持ち込みたかった。

「そろそろ、裸になって抱き合わないか。ぼくは奈緒と、もっと密着したい」

「……わたしもです。けど汗まみれで恥ずかしいから、シャワーを浴びさせてください」

「あっ、そうだね。気がつかなくて、ごめん」

光雄は、焦りすぎていることを反省した。

このままなし崩し的にセックスに持ち込んでも、奈緒は身体を洗っていないことが気になって行為に集中できないだろうし、きっとクンニリングスも拒絶するに違いない。そう思いつつ、奈緒を浴室に案内した。

3

奈緒がシャワーを浴びている間に、光雄はコンドームを枕の下に仕込み、ティッシュの箱とゴミ箱をベッドの近くに置いた。そして交替でシャワーを浴び、浴室から出ると部屋の中が暗くなっていた。

おそらく明るいままだと恥ずかしいので、奈緒が間接照明だけの灯りにしたのだろう。奈緒はベッドに仰向けで寝ており、胸元から太ももまでがタオルケットで覆われていた。

光雄は腰に巻いているバスタオルを外し、奈緒の足元近くに座ってマッサージを始める。まずはつま先を撫で、足の指の股を丹念に広げた。次に足裏のツボを押し、足の甲やくるぶしを撫でた。

さらに脹脛を丁寧に揉んでから、膝やひかがみを可愛がる。そして、太ももに指を這わせながらタオルケットを外した。奈緒は全裸だったけれど、片腕で胸を覆って乳首を隠し、もう片方の手の平で花園全体をガードしていた。

「もう充分に濡れてますから、さわってくれなくても大丈夫です。わたし、先輩と早く一つになりたい」

奈緒が切羽詰った表情で懇願するので、光雄は従うことにした。足から攻め始めたのは、クンニリングスをしたかったからだが、挿入を求められた以上は仕方がない。女性器をじっくり見たり、舌や指で愛撫するのはあとの楽しみに取っておくことにした。

「わかった、ぼくも奈緒と早く一つになりたいよ」

光雄は言って、キスをしたときからずっとビンビンになっている、オスの欲望器官にコンドームを装着した。そして正常位の体勢をとり、ペニスをヴァギナにあてがった。

確かに充分過ぎるほど濡れており、膣口から溢れ出た愛液を亀頭ですくいつつ、ジワジワと女洞窟に挿入していく。ヴァギナ内部では肉ヒダがしっとりと、それでてしっかり男性器を包み込んできた。

「うくっ、くぅうううっ、ああっ」

奈緒の苦しそうな呻きの意味を知りたくて、光雄は訊いた。

「大丈夫、痛くない？」

「どうしよう、すごく気持ちいい」

快感に戸惑っていることが、とても不思議だった。

「ぼくも同じだよ、ものすごく気持ちいい」

光雄はフワフワの膣肉の感触を余すところなく味わいたくて、やさしく掻き回したり止まったりしながら、ゆっくりと動いた。イチモツを根元まで埋めてからは、恥丘を密着させたまましばらくじっとしていた。

「あの、動かさないんですか？」

「うん。最初はね」

「どうして、ですか？」

「お互いの性器が馴染んでからの方が、もっと気持ちよくなれるからだよ」

光雄は言って、手を伸ばし後輩の頬をやさしく撫でた。だが奈緒は、きょとんとしていた。意味が伝わっていないようなので、光雄は分身をピクピクさせて快感を伝えた。

「あ、先輩のが動いてる」

「奈緒の内部も、けっこう動いてるんだよ」

「えっ、そうなんですか、自分じゃよくわからないけど」

「動かしてみたことはないの？　おしっこを止めたり、お尻の穴を締めるときの動きをしたり、腹筋を使うとかするといいかも」

「えっと、えいっ」

奈緒の掛け声とともに、膣括約筋が収縮したことを光雄は伝えた。

「あっ、中の入り口がヒクヒクした」

「うふふ。なんかこういうの、好きです」

「こういうの？」

「はい。こんなにやさしくて、穏やかなセックスは初めて」

少し照れている表情の奈緒が可愛い。光雄はもっと密着したくなり、ギュッと抱きしめて唇を重ねた。

自分の唇で奈緒の上下の唇をハムハムと嚙んだ。すると、奈緒が舌を差し入れてきたので捕らえて吸う。しばらくキスを続けながら、男のシンボルをピクピクさせた。

長めの接吻を終えたあと、奈緒は光雄に頬擦りしながら囁いた。

「お互いの性器が馴染むと、だんだん気持ちよくなるっていうのがわかってきました。なんだか、下半身でディープキスをしているみたいな感じですね」

「いいもんだよな。いきなり激しく動くと、こういう淡い快感が味わえないんだよ」

「わたし、セックスって男性が女性の身体を使って、射精するためだけの行為って思い込んでました」

奈緒の言葉に、光雄は頷いた。

「妊娠が目的の場合は、そういう面もあるかもしれないけどね。でも僕らの場合は、二人の心と身体が一つになるための行為だから、極端なことをいうと射精なんかしなくてもいいんだよな」

光雄は肉棒にまとわりついてくる、温かくて柔らかい肉ヒダの感触に集中した。女性器と男性器がよく馴染み、粘膜が溶け合っている感じがした。

ずっと好きだった奈緒との性行為は格別である。喩《たと》えるならば刀と鞘《さや》のように、納まるべき場所を見つけた感じがした。もちろん繋がっているだけでも満足だが、二人でしか味わえない快楽の果てへ旅立ってみたくなった。

「ぼくは射精するより、奈緒にたくさん気持ちよくなってほしいんだよ」

光雄は言って、上体を起こし巨乳を眺めた。ピンクベージュでやや大きめの乳暈と、濃い目のグラデーションでそそり立つ乳首がエロティックだった。最初に腕で隠していたのは、大きめの乳暈を見られたくなかったからに違いない。

「あっ、ここにもキスしたい」

言葉を発して右乳房にしゃぶりつき、乳暈ごと口に含んでしこった乳首を舌で転がした。左乳首は指でつまみ、クニクニと弄んだ。

「イヤイヤイヤァ、そんなふうに舐めたり弄ったりしちゃ、ダメェエエ」

途端に奈緒は叫びながら、光雄の指を払って唇を乳首から離そうと顔に爪を立てながらグイグイ押してきた。

「あっつっつ、奈緒、爪が、爪が痛いよ」

光雄は乳首から口を外して抗議したが、奈緒の抵抗が止まないので両手首を摑んで顔から離した。奈緒は背を反らし、両手で光雄を叩こうとしていた。

「駄目だから、嫌だから、うううっ」

だが手首を強く摑まれているゆえ、腕を動かすことはまったくできない。

不思議なことに奈緒は、上半身で激しく抵抗しているけれど、両足を光雄の尻を絡めて密着させている。しかも子宮口からは蜜液がドクドクと溢れ膣肉が今までとは比べものにならないほどうねっていた。

しかも肉ヒダがざわめき続けるので、恥丘を押すような動きしかしていないのに、光雄は急激な射精の兆しを感じた。

(奈緒は嫌がっているけど、これはどう考えても身体の方は感じているっぽい)

数人の女性と情交したゆえ、確信しながらスペルマを粗相《そそう》した。

「あああああっ、ヤバいヤバいヤバい。気持ちよすぎて、出るぅううう、出ちゃったぁあああ。な、奈緒、奈緒ぉおおおっ」

光雄は、快感の渦に巻き込まれつつ愛しい後輩の名を叫んだ。


射精のあと、光雄がコンドームを外しティッシュで残滓《ざんし》を拭っていると、奈緒は起き上がって無邪気に訊いてきた。

「あの、わたしの何が気持ちよすぎたんですか？」

おそらく射精直前に、思わず出てしまった光雄の発言のことだろう。

「嫌がって抵抗しているときの奈緒って、膣の中がものすごく蠢いて、めちゃくちゃ気持ちよかったんだよ。嫌とか駄目って口では言うけど、もしかして奈緒も気持ちよくなってたんじゃないのかい？」

「そ、それは、微妙です……」

奈緒は口ごもるのだが、光雄はもう少し追及したくなった。

「必死で抵抗するのは、乳首を愛撫されるのが嫌ってことなの？」

「ち、違います。嫌じゃないのに、身体が勝手に抵抗しちゃうんです」

「つまり、感じたくないわけじゃないってこと？」

「はい。で、でも、恥ずかしいし……怖い」

怖い理由はわからないが、恥ずかしいのは乙女心ってやつなのだろう。

「ぼくは、感じているところを見られるのは、あんまり恥ずかしくないよ」

「本当ですか？　でも先輩はセックスをリードする男性側だから、女の子みたいに受け身になることや、ソフトに焦らされる刺激には慣れていないでしょう」

「そんなことないよ、ぼく乳首が感じるから受け身も好きだな。できれば奈緒に、いっぱい可愛がってもらいたいと思ってるけど」

光雄は、コンドームとティッシュをゴミ箱に放って仰向けになった。

「じゃあ今からわたしが、先輩の乳首を愛撫してもいいんですか？」

奈緒は、受け身になって無我夢中で感じることには抵抗がある。けれど、攻めることに躊躇はないらしい。

「もちろん、いいよ」

光雄が快諾すると、奈緒は嬉しそうな笑みを浮かべ先輩の横に正座した。そして光雄の両乳首の頂上に指の腹をあてがい、クニクニと小さく円を描いた。

「あううっ、気持ちいい」

喘ぐ光雄の、胸部から脳天に甘美な刺激が突き抜けた。

「先輩って、すごく、感じやすいんですね」

奈緒は興味津々の表情で、乳首を可愛がり続ける。サイド部分を爪でカリカリ掻いたり、親指と中指で軽くつまんで豆腐を崩さない程度の力加減で弄んだ。

「あれ？　先輩のペニス、ずっと大きいまんまだし、乳首を愛撫するとビクンビクンて揺れるんですね」

「うん。乳首をずっと弄られてると、腰の辺りが熱っぽくなるっていうか、ペニスがもどかしいっていうか、さわってほしくなるんだ」

「いいですよ、こんなふうにですか？」

奈緒は言って、光雄に添い寝する格好になり、勃起している肉竿を握って勢いよくしごき始めた。

「ちょ、ちょっと待って。そんなふうに竿をしごかれると、すぐに射精しちゃうよ。一回ドライモードにしたいから、亀頭を弄ってもらえるかな」

「ドライモードって何ですか？」

奈緒は、シェイクする手を止めて訊いた。

「射精はウエットオーガズム、精液を出さずにイクのを、ドライオーガズムっていうんだ。つまり、男も女の子みたいにイクことが可能なんだよ」

「へえー、初めて聞きました」

「ドライモードになって亀頭でイクのは、女の子のクリトリスのオーガズムに近いらしいよ」

「わあ、やってみたいです。どうすればいいんですか？　教えてください」

奈緒がノリノリなので、光雄はドライに向かうためのタートルヘッド愛撫を伝授した。カウパー氏腺液をまぶしヌルヌルにした手の平や指で、尿道口周辺と裏スジ、カリ表やカリ首などを嬲る方法をいくつか教えた。

光雄が喘ぎ声や表情で快感の強弱を伝えた効果もあってか、奈緒はすぐに亀頭攻めのコツを呑み込んでいった。

「はうう、うん。あとさ、同時に乳首も舐めてほしいんだ」

光雄のおねだりに奈緒は頷き、チュッと乳首に吸いついた。乳輪を舌でなぞってから、米粒大の乳首をペロペロ舐めしゃぶり、ときどき甘噛みを入れ緩急をつけて刺激してくる。

その間、カウパー氏腺液まみれのヌルヌルなタートルヘッドを、数本の指で磨き上げる可愛がり方をされた。二種の快感によって、光雄はいともたやすく数回のドライオーガズムに達した。

「少し、休憩しようか」

光雄が言うと、奈緒は驚きを口にした。

「本当に、射精しないで何回もイクんですね。でも感じているところを見られるのって、全然恥ずかしくないんですか？」

どうやら奈緒は、好きな相手の前で快感に我を忘れ、気を遣《や》るのが恥ずかしいという感覚が強いみたいだった。

「全然ってことはないけど、表情や喘ぎ声がないと、ぼくがどのくらい気持ちいいのか、奈緒にわかってもらえないだろう。それに他の誰にも見せたことがない、恥ずかしいところを見せ合うのがセックスだって思ってるからさ」

「あっ、なんだかすごく納得しました」

「奈緒はぼくを攻めているとき、どう思った？」

「先輩が感じてる表情は、すごく色っぽいなって。だから、もっと気持ちよくしてあげたくなりました」

「もしかして奈緒は、受け身になるよりも攻めるほうが好きなのかな」

「ううん。どっちも好きで、わたしも先輩の前で心も身体も解放してみたいんですけど……でも、まだちょっと怖いです」

「奈緒って、セックスでもオナニーでもいいんだけど、オーガズムに達したことってあるのかい？」

光雄が訊くと、奈緒は頭を横に振った。

「どっちも、まだです」

「なるほど、だからなのか……」

光雄は陽菜さんとの、ドライオーガズムの達成を目指したプレイでの不安を思い出した。奈緒がコアな快感を怖がっているのは、あのときの光雄と同じように最終着地点がわからないからではないだろうか。

「オーガズムなんてさ、大袈裟に考えることはないんだよ。気持ちよさに浸るというか、そういうのが大事なんだ。何も考えずに、自分の身体の中から湧き上がる快感に身をゆだねるとかね」

「理屈ではわかるんですけど、わたし、いろいろこじらせてるから」

「いや別に、すぐイカなくたっていいわけだし、一歩ずつでいいから奈緒の羞恥心とか、恐怖心を二人で克服する挑戦をしてみないか」

光雄は、二人で一緒に気持ちよくなりたかった。

「でもまた、先輩の顔に爪を立てたりしちゃうかもしれない。もっと感じたいのに、身体が嫌がって自分ではどうしようもないんです」

そして、奈緒はこじらせた性の履歴を語り始めた。

4

「わたしは両親から、結婚前に身体の関係を持ってはいけないって言われて育ってきたんです。

先輩が卒業して連絡が取れなくなったのはつらかったけど、大学に入ってから初めての恋人が出来ました。

付き合って数週間で彼はしきりに身体を求めてきたけど、わたしは断り続けました。

でもそんなある日、彼に無理矢理されてしまったんです。って、この表現はおかしいですね。少なくとも彼とわたしは恋人同士なんだから……。

ただ何から何まで初めてで、抵抗しようとしてもかなわない。力では男性に勝てないんだってことも知りました。

彼の「好きだから、エッチしたくなるのは当然だろ」っていう言葉が何度も聞こえました。きっと仕方ないんだろうなって……。

彼のことが好きだったから、そういうふうに納得したんです。その後、彼とは数カ月付き合ったんですけど、私が振られて関係は終わりました。

しばらくして、もう一人とお付き合いをしました。二十歳を過ぎて、ある程度責任も取れる年齢になったから、同意の上で肉体関係を持ったんです。

初体験がほとんど無理矢理だったから、お互いが好きでするセックスは、相手のことをとても愛しく感じることができたんです。

けれど、いつも頭の中はどこか冷めていて、なかなか行為にのめり込めないというか、何か違和感みたいなものを感じてました。

あるとき恋人が、とても機嫌の悪い日があって、わたしは彼を励まそうとして色々話しかけたんですが、どうやらそのうちの一言が逆鱗《げきりん》に触れてしまって……。

「お前に、俺の気持ちがわかるか！」って押し倒されて、押さえつけられながら無理矢理……。

いつもと違う彼とそのシチュエーションに、なぜか途中から驚くほど興奮してしまって。乱暴だし怖いし、どうあっても男性には力で敵わないんだって実感するし、こんなの嫌なのに感じてしまって……。

そう気づいたとき、わたしは無我夢中で快感を貪ってたんです。

もっとも興奮していたことに気づいたのは、しばらくあとになってからなんですけど……。

でも、その彼とも長くは続きませんでした。もしかしたら、本当の自分を見せられない関係だったからかなって思うんです。ううん、そもそもあんまり好きじゃなかったのかもって、先輩と再会してわかりました。

わたし、先輩がいなくなってからずっと寂しくって……。だけど今日、はっきりわかったんです。お互いの距離なんて関係ない。近くにいるたいして好きじゃない人との長い時間より、本当に好きな人と短くても濃い時間を過ごすほうが幸せだって。

それに先輩も知ってると思うんですけど、わたしって昔から「真面目だね」って周りから言われてきて……。

でも本当は真面目なんかじゃないし、無茶なこともしてみたいけど、周囲からそういう目で見られてるから、期待に答えなきゃと思ってしまって。真面目なフリを、ずっとしてました。

高校三年のとき、ちょっと思い切って青のヘアマニキュアをしたことがあるんです。校則違反だし生徒会長もやってたから、先生から怒られるかなと思ったけど何も言われなくて。

気づいた下級生の子が言いつけたんですけど、先生はその子をまったく信用しなくて。なんか、なんか、このままいい子のままでいたくないんです。

だからわたし、そういう殻を破ってみたい。真面目なだけじゃなくて、淫らで恥ずかしいこともいっぱいされたいし、積極的なエッチもしてみたい。

そういうことされてる、してる自分を想像するだけで、恥ずかしいけど、すごくドキドキしちゃうんです。大声で喘いだり、もうめちゃくちゃされたいって」

わたしが喋り終えると、黙って聞いていた光雄さんが訊いてきた。

「本当にめちゃくちゃにされたい？」

「はい」

「話を聞いて、ちょっと思いついたことがあるんだ。さっきも言ったけど、手首を摑んだとき奈緒はものすごく濡れたし、ヴァギナの内部もうねったんだよ。だから、本当は嫌がっていないというのはわかるんだ。それに、ぼくもめちゃくちゃに壊れた奈緒が見たい。だからね、バンダナを使って、手首と足首を拘束したいんだ。そうすれば、ぼくのことを引っ掻いたりできないし、もしかしたら奈緒も自分の限界を突破できるかもしれないから」

つまり光雄さんは、わたしの身体を拘束して抵抗できない状況を人工的に作れば、心が解放されるかもしれないと言っているのだ。

「でね、恥ずかしいとか嫌とか駄目とか無理って言葉は、自然に出るだろうから、本当に嫌なときは、ストップって言ってくれないかな。そしたらぼくは、愛撫の途中でも挿入行為をしていても、すぐに止めるから。どうかな？」

多少の不安は拭えないけれど、最終的な選択権がわたしにあるのなら試してみたくなった。

「わかりました」

承諾の返事をすると、光雄さんは洋服ダンスから二本のバンダナを取り出した。

いったいどういう形で拘束をするのかと思っていたら、仰向けにされたわたしを
M字開脚の格好にして、右手首と右足首、左手首と左足首を結んだ。

「せ、先輩。この格好って、かなり恥ずかしい……」

そう言って足を閉じたけれど、やはり男性の力には敵わず簡単に大股開きの状態にされた。

「でもぼくは、奈緒のすべてを見たいから我慢しておくれ」

ニコリと微笑み、光雄さんがわたしに覆い被さってきた。挿入はしていないけど、上体を起こした正常位の格好になった。

「それじゃあ奈緒、始めるよ」

そう言って光雄さんは、わたしのデコルテラインに指を這わせ、量感のある巨乳の麓をなぞった。

わたしはただひたすら淫らな女になりたかったけど、理性や羞恥心の方が勝って両手で胸を隠したくなった。けれどバンダナで右手は右足首に、左手は左足首に縛りつけられているので、手に力が入ると足が広がるだけだった。

抵抗しても無駄なことがわかると、わたしのせいではないのだから仕方がないと心は安堵する。

むしろ早くさわってもらいたくて、カフェオレ色の乳首はもうとっくに硬くしこっている。たぶん、大きめの乳暈まで盛り上がっているはずだ。

それを知ってか知らずか光雄さんは、両乳首にトロトロの唾液をまぶすようにして両方の乳首を順番にやさしくしゃぶってきた。

「ああ、イヤッ、ダメダメッ、くふぅうううっ」

わたしは心とは裏腹に嫌がる言葉を言いながら、ただひたすら気持ちよくて胸部をビクビク震わせた。

だけど唾液でコーティングされた乳首と乳暈は数秒間舐められただけで、光雄さんはジワジワと左右の乳房全体を撫で回し始めた。

「あふっ、やんんんっ、んはっ、はううっ、いやんっ」

ときどき乳首に手の平が当たるので、わたしは熱い息を吐いた。次に光雄さんは、両手でふんわりと両乳房を包み込み、やんわりと揉んだ。

光雄さんの手もわたしの乳房も汗をかいているからか、オイルみたいな効果があるようで、しだいにヌルヌルの指と巨乳が一体化してゆく。

（あああ、ま、まだ？　まだちゃんと乳首をさわってくれないの？）

わたしは、不満に思いながらも快感に酔っていた。普段なら乳房を揉まれるだけでは、ここまで感じないはずなのに、なぜかものすごく気持ちよかった。

もちろん、乳首みたいに鋭利な官能ではないけれど、淡い心地よさが全身に広がっていくようだった。

フェザータッチの愛撫を最大限に感じとろうと、わたしは肌と光雄さんの手と指に意識を集中させた。

「奈緒の乳首、さっきよりも硬くなってるよ」

「恥ずかしい、そんなこと言わないで」

「照れてる奈緒が可愛いから、もっとエッチなことを言いたくなるな」

光雄さんは、乳頭を数回ノックしながら言った。そして、爪で乳首を上下に軽く弾き始めた。わたしの胸から脳に、甘く切ない快楽が広がっていく。

「うあっ、あうっ、そんなふうにさわっちゃダメェ、やんっ、あんっ」

わたしは、光雄さんの指のリズムで悶える楽器になった。さらに光雄さんは、ヤワヤワ巨乳を撫でたり揉んだりし続けながら、ときおりピンピンの乳首に指を掠らせた。

「んくっ、んんんんんっ」

ほとんど声を出さずに、わたしは顎を仰け反らせて白い喉を見せた。乳首から湧き上がる快感を、生唾を呑み込んで抑えた。けれど光雄さんが乳首をキュッとつまんできたので、喘ぎ声を我慢できなくなった。

「いやぁああんっ、だめぇんんんっ……」

けっして嫌がっているわけではないのに、ついついまた嫌がる言葉を発してしまう。すると光雄さんは、再びデコルテラインや鎖骨をユルユル撫でてくる。

「そっか。奈緒は感じすぎて、どうしたらいいのかわからなくなるから、嫌とか駄目って言うんだね。でもそれは、ぼくに甘えてくれてる証拠なのかもね」

光雄さんは微笑み、巨乳の麓から乳暈の輪郭まで渦巻状に指を這わせていった。自分でも気づかなかった図星をつかれて、わたしは頷くしかなかった。

口では嫌がっておきながら、さわられていない下腹部が甘く痺れ、秘孔から蜜が溢れたりする。下半身がだるくなるけれど、今は光雄さんの胴体を太ももで締め付けると気持ちが落ち着くことができる。

拘束されて身体が不自由なせいで、逆に心の中の淫らな部分が開放されているような気もした。

もちろん今バンダナを解かれたら胸を隠して、さわられないように抵抗するかもしれない。けれどいつの間にか、やさしい言葉攻めと焦らしをメインにした愛撫の虜にもなっている。

光雄さんの指は、プックリ膨らんでいるわたしの乳暈の端から、ジワジワ円を描きつつ乳首に近づいていく。到達したら、しこった乳首の側面を羽毛タッチでくすぐった。さらに乳頭だけを爪でやさしく掻いた。

わたしはひたすら、ハァハァと息を荒らげ身体をくねらせた。胸を反らしてもっと強い刺激を求めると、光雄さんは乳首をつまんでこねてくれた。さらに少しずつ圧力を加え、強めの愛撫に切り替えていった。

「痛くない？」

「だ、大丈夫です」

必ず訊いてくれるのが嬉しかった。

「気持ちいい？」

「うん」

快感に関して、こんなに素直になれている自分が不思議だった。

「嫌でも駄目でもない？」

「いじわる！　おおぅ、んんんっ、んぁ、あっ、あああっ」

わたしが喘ぎ声を出すと、光雄さんは二本の指で乳首をつまみクニクニと弄ってくる。途端にジンジンする甘苦しい快感が、胸部からクリトリスの辺りに広がっていく。

陰核が疼き膨らんでいくのみならず、花園からトロトロの蜜液が溢れて蟻の門渡りやアヌスまで垂れていった。また下半身全体が熱くなったので、わたしは太ももをギュッと閉じ愛しい人の胴体にすがりつく。

もしも拘束を解かれていたら、光雄さんを両手で思い切り抱きしめたくなっていた。

わたしは好きな人の前で、一番恥ずかしくて無防備な姿を晒《さら》すことに少しずつ慣れてきたのだろうか。いやむしろこの人なら、わたしのすべてを受け入れてくれるような気がしていた。

などと思ったのも束の間、さらに光雄さんは乳首をつまんでクリクリ捻ったり、ゆっくりこね回したりもした。気持ちよさがわたしの身体中にジワジワ沁み渡り、もう少し強くと心で願えばその通りになった。

「んんんっ。どうしよう、ダメなのに、はううっ、うっ、うううっ」

我慢しても声が漏れてしまうし、呻くと気持ちよさが倍になり、乳首とクリトリスの性感がより鮮明になっていく。

「奈緒の身体は、本当に敏感でわかりやすいね」

たぶんそれは、光雄さんが自分の快感よりも優先して、わたしをしっかり見てくれているからだ。喘ぎのトーンと反応を見ながら指先で感じとり、わたしが好む愛撫を完璧に把握して、いちいち言葉にしなくてもわかってくれる。

もちろん拘束の効果もあるのだけれど、このまま続けられたら乳首愛撫だけでイキそうな気もした。

「あの、オッパイが感じすぎて、おかしくなりそうで、ちょっと怖いの」

わたしが言うと、光雄さんは添い寝する格好になった。

「ぼくは、乳首でイクのもそれなりに好きだけどな。でも、わかった。それじゃあ、違うところを可愛がることにするよ」

そして右手を、濃いヘアがたなびくビーナスの丘にあてがわれ、やんわりと押されていく。わたしは反射的に太ももをギュッと閉じるが、当然のごとく光雄さんの右手を阻むことは不可能だった。

むしろ、手の平による淫裂周辺への圧迫が強くなった。なので無駄な抵抗は止め、太ももを少しずつ開いていった。

　すると光雄さんは、ジリジリと指を這わせ、手の平で花園全体を覆ってネチネチ揉んできた。大陰唇と陰核包皮に、汗でヌルヌルの手の平が当たって淡い快感が生じた。

　それから光雄さんは、ワレメに人差し指をあてがい、膣口から膨張したクリットの間をスローテンポで往復させてきた。ゆっくり大陰唇と小陰唇の間にある溝をなぞったあと、剝き出しのクリトリスを下から上に撫で上げられた。

「うっ……くぅ……んっ……。はああっ」

　密かに待ち望んでいた愛撫なので、わたしは嗚咽を漏らした。特に、ヌルヌルした指の感触がたまらなかった。たぶん膣口からすくった、わたしの粘り気がある愛液によるものだと思う。

　次に光雄さんは左右に指を動かし、最終的に円を描きながら、淫ら豆をまんべんなく可愛がってくれた。

　自分でもにわかには信じられないが、肉芽を直接愛撫されて、まるで爆竹がパパパパンッと連続で破裂するような快感を味わった。

（どうして、こんなに感じるの？）

戸惑っていると、さらに光雄さんは蜜液で潤っているヴァギナに指を入れ、天井部分に這わせていった。

「うぐっぐ、あひっ、わわわっ」

突然、衝撃が走ってわたしは変な声を出してしまった。光雄さんに膣内の腹側部分を押し揉みされて、高圧電流みたいな快感がビリビリ全身に乱反射したのだ。クリトリスの剝き出し部分よりも、深くて濃い官能だった。

「ねえ、奈緒。たぶん、ここがGスポットだよ」

聞いたことはあるけど、わたしには存在しない器官だと思っていた。

「んっ、んんんっ、はぁあっ、ああっ、あはぁ、はあぁっ」

ヴァギナ内部が勝手に収縮していた。膣口だけでなく、洞窟全体が意思とは無関係にうねっているのがわかった。

わたしの淫らスイッチが勝手にオンになり、欲情がヒートアップしていく。わたしは自分から尻を浮かせ、自分の秘所と光雄さんの指をより密着させて快感を呼び込もうとした。

「ううう、んくっ、ふっ、うぐぐぐっ」

腰を振り続けると、エッチな気分がずっと続いて、終わることがないように思えた。自慰のときに少し気持ちよくなると満足して、そのあと罪悪感に苛《さいな》まれる嫌な感じとは全然違う。

　エッチな気分が終わることがないというよりも、終わらせたくなかった。この感覚を二人で共有し、わたしからも愛撫をして互いにもっと気持ちよくなりたくなっていた。

「先輩、もう大丈夫です。あの、バンダナを解いてください」

　バラバラになっていた、心と身体が初めて一致した。身体を拘束され弄ばれながらも、光雄さんに大切にされているって肌で感じられたから、心が満たされているんだと気づけた。

　この人の前だから、乱れ狂ってもいいと思えた。とにかく、気持ちよくなっていることを、もっと光雄さんに伝えたくなったのだ。

5

　拘束を解いてもらったあと、光雄さんはクンニリングスをしたがった。わたしは恥ずかしい気持ちも強かったけれど、クリトリスを指よりも繊細な舌で舐めてもらいたかったので受け入れることにした。

光雄さんのクンニリングスはとても丁寧でねちっこい。足の指を舐めるところから始まって、気の遠くなるような焦らしの時間を経て、やっと淫裂がある場所にたどり着くのだ。

足の指を初めて舐められたときは、性的に感じるわけではなく、ただくすぐったいだけだった。慣れてくると、足の指と指の間に舌が這うと多少は気持ちよくなった。

むしろ、光雄さんが興奮しながら舐めている姿を見るほうが好きだった。それと自分の身体を隅々まで愛《め》でられるという、精神的な快感のほうが強い。脹脛や膝の裏側も舐められ、太ももを撫でられたり揉まれたりしながら、秘密の花園へジワジワ近づいてくる感じがたまらなかった。

そしてやっとたどり着いても、なかなか肝心なところを舐めてくれない。今だって濡れたワレメをじっと見つめられ、熱い息を吹きかけられたり、足の付け根や恥丘をマッサージされたり、性毛を撫でられたりするだけだ。

(はあぁ、いやらしい。光雄さんったら、すごくエッチ)

わたしは愛しい男を見つめる。自分の股間に、好きな男が顔を埋めているのは、すごく恥ずかしいけれど、とてつもなくエロティックな光景だった。

「そろそろ、舐めるよ」

光雄さんは宣言して、大陰唇をペロリペロリと舐めてきた。

それから大と小の陰唇の間にある溝に舌先を差し込み、閉じている小陰唇のまわりをゆっくりと舐められる。たまに花びらの上に舌を乗せるが、基本的に両側の溝に沿って舌を這わせてきた。

「うっ、ふっ」

わたしが少しだけ息を漏らすと、同時に膣口からジュクッと愛液が溢れて蟻の門渡り部分に垂れた。気づいた光雄さんはすぐさま舌で絡め取り、ゆっくりワレメを開きながら舐め上げていく。

ヌルヌルの舌は蟻の門渡りから膣口を過ぎ、尿道口をくすぐったあとにもっとも敏感な突起へ向かってきた。

（ああ、ついに……）

わたしの期待通りに、たっぷりの唾液にまみれた舌がクリトリスの剝き出し部分を強く押さえてきた。

いきなりペロペロと舐めるようなことはせず、舌先が微妙に震えているだけなのが抜群に心地よくて、奈緒は呻き声を我慢することができなかった。

「うっ、うううううっ。はっ、ふぅうううううっ」

光雄さんは、陰核から口を離して訊いてきた。

「痛くないかい？　クリトリスを舐められるのは、どんな気分？」

「うぁああんっ。すごく、気持ちいいわ。待ってた。足の指を舐められたときから、ずっ、ずっと待ってたの」

わたしが答えると、光雄さんはふたたびパンパンに膨らんでいる陰核を弄び始める。最初は皮に包まれた首部分を舌先でツンツン突き、次に顔を出している部分をペロペロと下からタテに舐め上げられた。

「くぅうんっ、くぅううううんっ」

わたしは、子犬みたいな甘えた喘ぎ声を出してしまった。下のほうから、クリトリスの顔と首の根元まで舐められるなんて、たまらなく気持ちいい。

そんなわたしの反応を理解した光雄さんは、さっそく皮をめくって淫ら豆を可愛がり始めた。

充分に何度もタテ舐めを繰り返されたあと、舌をヨコにスライドさせた。陰核の顔と両脇を丁寧に探られて、側面の性感ポイントを開発されている気分になった。

　タテヨコの動きのみならず、光雄さんは舌を回転させてきた。顔下、両脇、首部分などをまんべんなく撫でられ、しかも剝き出し部分全体に舌が触れてくるのでクリ派のわたしにはたまらない。

　わたしは、濃厚で緩やかな快感の中をフワフワ漂っていた。喩えるならば、スキューバダイビングの水中散歩に似ている。ソフトタッチの舌が醸し出す快さはとても穏やかで、思考も感情もトロリと溶けてしまいそうだった。

　いったい、どれくらい時間が経ったのだろう。十数分か数十分なのかわからないけれど、濃厚なエロスの時間を存分に味わい尽くしている。

（できることなら、このまま永遠に舐められ続けたい）

　わたしがそう思った途端、クリトリスから生じる快感の種類がスパイシーな刺激に変化する。光雄さんが舐めるのを止めて、舌先でクリットをリズミカルにノックしてきたからだった。

「ひあっ、うっ、あっ、んんっ、あっ、ああっ、あああっ」

　わたしの意思とは無関係に声が出てしまう。抑えることなど不可能だし、喘ぐと快感が少しずつ増幅されていった。

「ふぅあああっ、どうしよう、どうしよう、気持ちいいんっ」

さらに強烈な刺激を得てわたしは叫んだ。光雄さんが唇をクリ周辺にピッタリくっつけて、吸いつきながらしゃぶったのだ。唇の内側や粘膜を密着させて舐められると、快感がいきなり三倍増になった。

「ううう。それ、すごいぃいいい」

しかも舌がタテヨコ回転とバリエーションをつけて動かしてくるので、頭がおかしくなるほど気持ちよかった。何度も小さく極まり、肉芽の快感が深まるほどに膣内部がモヤモヤして、弄ってもらいたくてたまらなくなる。

クリトリスは見えている部分だけでなく、身体の中には胴部分と脚が二本伸びているらしい。じつはそれがGスポットだという説もあるくらいだから、膣内を指で掻き回してほしくなるのは当然かもしれない。

「いやんいやん、もどかしいの。なんだか、ものすごくもどかしいの」

わたしが言うと、光雄さんは淫ら豆から口を離した。

「どうしてほしいんだい？」

そう訊きながら会陰部分に蜜液を塗る感覚で、指を膣口からクリ首までスローテンポで往復させた。ヴァギナの入り口をさわることで、そろそろ入れるよと合図しながらも焦らしているのだろうか。

「んふぅう。よくわからないけど、中がモヤモヤしているから、んくっ」

わたしは、我慢できなくておねだりする。

「さっきみたいに、Gスポットを刺激してみようか」

そう言って光雄さんは、濡れ壺に指を一本ズブズブと突き入れてきた。

「うあああああああああんっ」

わたしは、悶絶しそうになった。脳内のドーパミンが一挙に噴き出し、神経線維の一部を痺れさせているような悦楽感に襲われている。てっきり一秒に数ミリ単位の、ゆっくり焦らすような挿入を予測していたのだ。

しかも光雄さんの指は、膣内の腹側を的確に撫でさすってくる。特に浅い部分を何度も擦ることで、体内に隠れているクリトリスの胴や脚部分にも振動を与えようとしているみたいだった。

指がピストン運動するたびに、高圧電流みたいな快感がわたしの全身をビリビリ痺れさせた。

「あう、あううっ。そこっ、そこがいいのよぉおおおっ」

「よし、もっと気持ちよくしてあげるよ」

光雄さんは言って、ふたたび肉芽の剝き出し部分をしゃぶってくる。

途端にわたしの意思とは関係なく、膣口がキュンキュン締まった。太ももがブルブル震え、腹筋に力が入ってしまう。だが身体の硬直とは逆に、脳内は快感で蕩《とろ》けそうになっていく。

わたしはうっとりした気分で、ただただ静かに舌と指の感触を味わい、目を閉じて湧き上がる官能に集中した。

6

わたしがクンニリングスでイカなかったから、光雄さんはとても残念そうだった。けれど自慰でもセックスでもイッたことがないと伝えているから、イクことがすべてではないけれど二人の性行為に目標ができたと喜んでいる。

セックスでは自分ばかりがイクので、申し訳ない気もすると光雄さんが照れる姿はなんだか可愛い。

そしてコンドームを装着し、仰向けのわたしに覆い被さった。正常位の格好でヴァギナにペニスを挿入されると、潤沢な蜜液のおかげでヌルリと亀頭が入ってきた。

「うっ、あはぁ、おおおおおっ」

わたしは唇をO字型に開いて、濃厚な吐息を漏らした。光雄さんは、男根の先端だけを何度か往復させてくる。

わたしは肉棒を引き抜かれるタイミングに合わせて、膣口をキュッと締めてみた。カリ首がヴァギナの入り口に引っ掛かって、とても気持ちいい。

膣の浅い部分から生じる快感にしばらく浸っていたら、光雄さんは指で、膨らんだクリトリスの剝き出し部分を撫で始めた。

「いいわ、気持ちいいわ。でも……」

膣口と陰核というダブルの刺激に喘ぎながら、わたしは手を伸ばし光雄さんの腕をさすっておねだりした。

「もっと、来てっ。あんんっ、んふぅううっ」

イカせようとテクニックを駆使されるよりも、オスの欲望器官を早く膣奥まで入れてほしかった。

「わかった、こうだね」

光雄さんが男根をヴァギナの中程まで埋めてくれたので、わたしは身悶えながら腰を捻り湧き上がる快感を言葉にした。

「あはぁあああん、本当に、すごく気持ちいい。だってね、はぅんんんっ、わたしの中が、光雄さんでいっぱいになっていくんだもの」

わたしは光雄さんの尻を摑んで、強引に引き寄せた。その勢いで硬式ペニスが、トロトロなヴァギナに根元まで埋まった。そして光雄さんの顔が近づき、甘ったるい吐息を感じられる距離になった。

キスがしたくなって、わたしは唇を開いて舌をチロチロと動かした。無言の要求はすぐに伝わり、光雄さんはチュチュッと唇を啄ばむバードキスをしてくれた。次に鼻先同士をくっつける鼻キスをして、それからおでこにもキス。

さらに頰と頰を合わせて、ほっぺキスをしてくれた。

「すごく、可愛いよ」

甘い言葉を口にしたあと、光雄さんはわたしの頰をそっと撫でた。

「こうやって、奥まで繫がったままキスをするのは最高だね」

「うん、もっといっぱいキスしてほしい」

おねだりすると光雄さんは、言い終えたわたしの唇の輪郭を舌先でゆっくりとなぞった。それから唇の裏、歯茎、前歯のゆるやかなアーチ、歯茎の裏などを舌が届く限り深く探検していった。

「あっ、はぁああんっ、あふぅ」

わたしが吐息を漏らしながら舌を突き出すと、光雄さんはねっとりとしゃぶって吸ってくれた。そのあと、わたしたちは舌を絡め合った。生温かい唾液が混ざると、甘い官能で全身が痺れてしまう。

「奈緒の身体、すごく熱くなってる」

口づけを中断して、光雄さんはわたしの耳たぶを甘噛みした。

「だって……」

欲情の引力で吸い寄せられ、わたしたちは再びディープキスを楽しんだ。ヴァギナとペニスもディープに繋げたまま、光雄さんは粘膜を馴染ませるようにユルユル腰を揺すった。

濃厚な接吻を終えたあと、光雄さんは上体を起こした。そして今度はわたしの両乳首をつまんでこねつつ、Gスポットを撫でるような浅めのピストン運動を始めた。途端に女壺からは蜜が溢れ、クチュクチュと淫猥な音が響いた。

「んふぅ。ひあっ、いやぁ。はぁう、はぁあう。そんなふうに、いろいろなところを刺激されると……、んくぅううううんっ」

わたしは、感じすぎて言葉を詰まらせた。もちろん嫌なわけはなく、胸部を突き出し指を求め、腰を浮かせ剛直なイチモツを呼び込んだ。

「奈緒。いろんなところを刺激されると、どうなるんだい？」

「へ、変なの。なんだか、あううっ、お腹の奥のほうがモヤモヤする」

「じゃあ、奥を掻き混ぜてみようか」

すかさず光雄さんは、分身をグイグイと押しながら、恥丘同士をくっつけて揉むように動いた。

「うあんっ。わたし、奥を突かれるのが苦手だったのに、不思議！」

「ガンガン突かれて痛かったとしたら、まだ身体の準備ができる前だったんじゃないかな。わかるんだ、そういう男は多いと思うよ。でもぼくは今、奥を攻めているけど突いていないし」

「はふぅ。ですよね。いいのっ、すごく気持ちいいですぅ」

とはいうものの、わたしはまだ何か満ち足りていないような気がした。緩急をつけた抜き差しの動きをされても、奥まで入れたままペニスをバイブレーションされても、モヤモヤの正体に届いていない感じだった。

「ああ、奥が、奥が……」

「あのさ、もっと奥まで届く体位を試してもいいかい？」

「うっくぅ。そんなこと、可能なの？」

「松葉崩しってのがあるんだ」

そう言って光雄さんは、蜜壺から男根を引き抜いた。そしてわたしに右足をまっすぐ伸ばすように促し、右肩が下になる横向きにされる。次に大きく股を開かされ、彼はわたしの左足を担いだみたいだった。

快感の虜になっているからはっきりわからないが、どうやら男女の足を交差させる体位のようだ。

光雄さんは、再び肉棒を女洞窟に挿入して腰をモゾモゾ動かし始めた。すると、正常位とは比べものにならないほど、奥深いところまでペニスが入ってきた。しかも性器が接する角度や、擦れる場所が違うからだろうか。

わたしの膣肉は、意思とは関係なくヒクヒクと蠢いた。そして、膣奥で何かが擦れ合っていた。

「おぅふっ、ものすごく深いわ。それに、当たってるぅ、うっ、うううんっ」

「大丈夫？　痛くないかい？」

光雄さんが不安そうに言うのは、わたしの身体全体がビクンッ、ビクンッと揺れるからだろう。

「ぅううんっ。モヤモヤしている奥に届いて、グリグリしてるだけ」

わたしは積極的に腰を揺すって、初めての快楽世界に入っていった。

「なるほどね。モヤモヤの正体は、ポルチオだったのかもしれないな」

冷静な光雄さんの呟きを、わたしは朦朧としながら聞く。

「つまり、降りてきた子宮口と亀頭がグリグリ擦れているんだ。正確には、支えている骨盤底筋群辺りに性感帯があるらしいんだけどね。でも、松葉崩しは意外と動きにくいな。奈緒は下付きっぽいから、寝バックも試してみようか」

光雄さんの言う下付きの意味を測りかねるのだが、わたしを気持ちよくしてくれるのは間違いないから体位変更に応じた。

どうやら寝バックというのは、うつ伏せになった女が足を閉じ、男が跨る格好みたいだった。わたしは松葉崩しよりも、はるかに楽な姿勢で挿入されたうえに快感が大きくて驚愕した。

「うぐぐぐっ。さっきよりも、ダイレクトに当たるぅううぅっ」

わたしは光雄さんに膣内の状態を伝えながら、臀部の筋肉全体を締めたり緩めたりした。さらに膝をつき、少し腰を浮かせた。尻を上下左右に動かし、もっとも収まりのよい位置を探す。

気に入ったポジションを見つけたあとは、クネリクネリと尻を丁寧に振ってしまった。

「ここだわ。うーん、奥が、あああっ、奥の一番いいところに届いてるぅ」

「うむ。寝バックだと、奈緒も好きなように動けるんだね」

光雄さんは、ただ腰を押しつけるだけでまったく動かなかった。おそらく、ピストン運動で男根の位置が変化することを懸念しているのだ。

実際、我がままに動くほどに、素晴らしい快感がジュワッと膣内に広がっていった。もっと堪能したくて、わたしは言葉で主張した。

「あふっ。気持ちよすぎて、腰が止まらないみたい」

言いながら数回、しゃくるように激しく尻を上下させ、そのあと動きを緩めて余韻を味わう。光雄さんの言うように、自分のペースで快楽を調節できるのがたまらなく気持ちよかった。

「うああ。奈緒が動いてくれると、ぼくも気持ちいいや」

光雄さんの肯定発言を受けて、わたしはあさましいほど快楽を求めて尻をしゃくった。腹筋に力を入れると膣内部が収縮して、ペニス全体をガッチリと押さえ込むことができた。

「うっ、はぁあっ、ふっ、ひゅううっ」

わたしは小刻みに呼吸しながら、オス器官を使って子宮を揺すり、骨盤底筋群を刺激することに夢中になっていた。

タートルヘッドによるポルチオマッサージで、わたしの脳に蕩けるような甘くてやさしい快感が何回も突き抜けていくのがたまらない。

「奈緒。ヤバい、もう出そうになってきた」

光雄さんが叫んでも、わたしは尻の動きを止めることができなかった。

「うわっ。はうっ、うううううっ」

呻きながら光雄さんは射精した。コンドームを装着しているけれど、子宮口に熱くドロドロしたオスのマグマが何度も降りかかっている感じがした。

「ああ、嬉しい。すごくいい、ものすごく気持ちいい」

わたしはたぶんオーガズムに達していないけれど、今までした性交の中で間違いなく一番気持ちいい状態が続いていた。

残念なことにこの体位では光雄さんが射精するときの、ものすごく無防備な表情を見ることができない。

でも正常位や亀頭攻めのときは本当に気持ちよさそうだったし、わたしもいつかイク瞬間はあんなふうになるんだろうかと想像できた。

（あっ、そうか。寝バックだと、光雄さんもわたしの顔を見ることができないってことよね）

わたしは枕に顔を押しつけ、安心して表情を歪ませた。すると膣内がさらにぬかるみ、ポルチオとタートルヘッドの擦れ合いがより活発になっていった。まるで火を近づけられたブランデー漬けの角砂糖みたいに、一瞬でメラメラと官能の赤い炎が燃え上がった。

「うわぁあああんっ、くっふっ、あおおおおおおんっ」

わたしは、獣の咆哮に似た喘ぎ声を我慢することができなかった。イクとか達するという点の感覚ではなく、快感は面になり炎みたいに燃え広がった。

エピローグ

セックスのあと、二人はベッドでまどろんでいた。

「考えてみれば、奈緒はまだ外イキも知らないんだもんな」

「そうですよ」

「うん、いきなりセックスでイケなくても当然だよ」

光雄は、奈緒よりも自分に言い聞かせていた。バンダナによる拘束で、奈緒はセックスへの羞恥心や恐怖心から自由になれたようだ。それは嬉しいのだが、ドライでもウエットでも、光雄だけが気を遣《や》っているのが少し恥ずかしかった。

「自慰でもセックスでも、女の子の場合はイクって感覚を摑むのは男よりも時間がかかるらしいよ」

「そうなんですか?」

「ぼくも協力するつもりだけど、自己開発が重要って聞いたことがある。特に中イキは、そう簡単にできないらしいし。イクことを意識しないで、ただ気持ちよくなったほうがオーガズムに達しやすいんだって」

光雄が言い終えると、奈緒は先輩の胸に頬を押しつけ甘えてきた。

「なんだかわたし、しばらくはイケる身体にならなくていいかも」

「えっ、どうして？」

「だってそのほうが先輩は、いろいろな工夫をしてくれるし、わたしを一所懸命抱いてくれそうなんだもん。外イキや中イキができるようになったら、安心して回数が減っちゃいそう」

「まさか、そんなことはないよ。奈緒が中イキできるようになったら、もっとソフトSMチックなエッセンスを取り入れるとか」

「わたしって、セックスのためだけの女ですか？」

奈緒の問いに、光雄は慌てて答えた。

「ち、違うよ、両思いで付き合うのは奈緒が初めてだから。デートとか旅行とかいっぱいしたいし、将来のことだって考えたいと思っているから」

光雄は奈緒と結ばれたことで、東京での根無し草みたいな生活への執着が無くなった。大学を卒業したら故郷へ帰り就職し、しっかり地に足をつけた人生を歩みたくなっていた。

「よかった。わたしだって、セックスのことは重要だと思っているけど、それだけなんて悲しすぎるから」

奈緒は、さっきプレイで使ったバンダナを手に取った。

「あのー。ソフトSMチックなエッセンスって、わたしがSでもいいんですよね。わたし、今から先輩の手首を拘束して目隠しとかもしていじめたいな」

「ちょっと怖いけど、ぼくも奈緒にいじめられてみたいかな」

光雄は胸の前に両手を出して、拝むように手の平を合わせた。

＊

イチャイチャしている光雄と奈緒を、雲の上からリリーともう一人の男が見守っていた。

「甥《おい》っ子を心配する叔父さんとしては、こういうハッピーエンドでよかったのかしら？」

リリーが話しかけている相手は、どうやら光雄の叔父らしい。

「さすが、恋愛成就を手助けする天使だな。ううう、満足だよ。すべてリリーさんのおかげだ、本当にありがとう。まだ生きてた頃、あいつの父親、つまり俺の兄貴にはさんざん世話になったし、光雄は俺の日記の影響で東京に出たみたいで、ちょっと責任を感じてたんだ。ずっと見守ってきたけど、やっと肩の荷が降りたよ」

光雄の叔父は涙ぐみながら、リリーの手を握った。

「うふふ。童貞喪失に気を取られて、将来のことを真剣に考えない甥っ子のことが心配で、天使に手助けを頼む叔父さんなんて初めてだわ。でも、あたしは出会いを手伝っただけよ。まあ少し都合よく、次々と相手を世話した感じもあるけど。ところであんたが日記に書いてた、東京でやり残したことっていったい何だったの？」

「もちろん、童貞喪失のことだよ！」

「バカねー、あんたって本当にバカねー」

「光雄は、童貞を喪失したい気持ちばかりで学業が疎《おろそ》かになり、就活にも身が入らなかった俺の大学時代にそっくりなんだ」

「やれやれ。バカな叔父さんそっくりの甥っ子を、何とかしてやりたいってことだったのね」

「いいじゃないですか。俺はむくわれず童貞のまま死んじまったけど、だからこそ光雄には、是が非でも思う存分セックスさせてやりたかったんだ。それに童貞で死んだ特典があったから、リリーさんは俺の願いを叶えてくれたわけだし」

「ふふふ、まあそうね」

「あはは。でしょう、童貞バンザイだ」

二人の笑い声が、夜空に溶けて星のキラメキになった。

※この作品は双葉文庫のために書き下ろされたもので、完全なフィクションです。

双葉文庫

の-08-11

天使《てんし》のおかげで僕《ぼく》は

2021年11月14日　第1刷発行

【著者】
乃坂希《のさかのぞむ》
©Nozomu Nosaka 2021
【発行者】
箕浦克史
【発行所】
株式会社双葉社
〒162-8540 東京都新宿区東五軒町3番28号
［電話］03-5261-4818（営業部）　03-5261-4833（編集部）
www.futabasha.co.jp（双葉社の書籍・コミックが買えます）
【印刷所】
中央精版印刷株式会社
【製本所】
中央精版印刷株式会社

【フォーマット・デザイン】
日下潤一

落丁・乱丁の場合は送料双葉社負担でお取り替えいたします。「製作部」宛にお送りください。ただし、古書店で購入したものについてはお取り替えできません。［電話］03-5261-4822（製作部）

定価はカバーに表示してあります。本書のコピー、スキャン、デジタル化等の無断複製・転載は著作権法上での例外を除き禁じられています。本書を代行業者等の第三者に依頼してスキャンやデジタル化することは、たとえ個人や家庭内での利用でも著作権法違反です。

ISBN978-4-575-52519-9 C0193
Printed in Japan

雨宮慶
情事の言い訳
オリジナル 官能短編集
こうなったらもう……抱かれる以外ない……。男と女がはまり込んだ快楽の罠。艶情に旅情を絡めて描く、オトナのしっぽりエロス！

雨宮慶
助手席の未亡人
オリジナル 官能短編集
W不倫中の男女が事故で亡くなった。「遺された夫」は「遺された妻」に接近した。二人のやるせない思いが狂おしき情交を生み出した！

霧原一輝
マドンナさがし 温泉旅
書き下ろし長編 ポカポカエロス
松山、出雲、草津、伊香保、婚活旅をする男ヤモメの倫太郎、54歳。聞き上手だから各地で「身の下」相談に。ＧＯ ＴＯ湯けむり美女！

霧原一輝
蜜命係長と 島のオンナたち
書き下ろし長編 ヤリヤリ出張エロス
会長の恩人女性をさがせ！ 閑職にいる係長に出世の懸かった密命が下る。手がかりはなんとイク時だけ太股に浮かぶという蝶の模様だけ！

霧原一輝
ＰＴＡ会長は 官能作家
書き下ろし長編 夜の活動報告エロス
山村優一郎は突然、小学校のＰＴＡ会長に推挙された。なってみると奥様方の派閥争いに巻き込まれ、肉弾攻撃にチンコが乾くヒマもない！

霧原一輝
部長夫人と 京都で
書き下ろし長編 イケない古都 しましょエロス
頼りない男で童貞の23歳、小谷翔平は部長の家で奥さんと懇ろになり、ついには秋の京都へ不倫旅行。その後、まさかまさかの展開が！

草凪優
桃尻プリン
オリジナル長編 フェチック・エロス
深夜のオフィスビルで作業に勤しむ尻好き清掃員と、魅惑のヒップを持つ美人女子社員たちが繰り広げる、究極のフェチック・エロス。

草凪優　**ツンデレ上司とおねだり兄嫁**　書き下ろし長編 性春エロス

出張先のホテルで抱いてしまったことで美人上司と付き合うことになった二十九歳の貴明。だが彼には、兄嫁との間にある秘密があって。

草凪優　**うぶ熟女**　書き下ろし長編 性春エロス

愛妻を亡くして二十五年、五十路セカンド童貞の田中誠一郎は、両思いのうぶ熟女と結ばれるべく、セックス勘を取り戻そうと奮闘する。

草凪優　**人妻の達人**　オリジナル長編 性春エロス

この世で一番エロいのは、人妻という生き物だ——。人妻しか愛せない二十八歳の男とエロすぎる人妻たちが繰り広げる究極の性春エロス。

桜井真琴　**地方の人妻がいやらしすぎて**　書き下ろし長編 柔肌エロス

奸計に嵌まり地方の営業所に飛ばされてしまったエリート社員の遠野亮一は、地方の淫らな女性たちとの情事で身も心も癒やされていく。

桜井真琴　**艶めき同窓会**　書き下ろし長編 柔肌エロス

同窓会に参加した夜に当時好きだった美少女・吉永夏美と身を重ねた立花周平。その勢いのままに女教師や元の同級生を抱きまくるのだが。

桜井真琴　**淫情アパート**　書き下ろし長編 柔肌エロス

ニート暮らしに呆れた祖父に、所有するアパートの管理人を命じられた川崎涼太郎。美女揃いの住人を相手に、夢の管理人性活がはじまる。

橘真児　**むらむらマンション**　長編ステイホーム官能

独身童貞の五月友朗はマンションのゴミ捨て場でエプロン美女の弥生と出逢う。もっちりヒップの彼女は新しい管理人だった。傑作新装版。

橘真児　**今夜は生でイッちゃって**

長編温もりエロス

地方に左遷になったサラリーマンが、焼き鳥屋再興のため美人店員から人妻まで様々な美女相手に大奮闘。傑作エロスが装いも新たに登場！

乃坂希《のぞむ》　**ひめごと万華鏡《まんげきょう》**

オリジナル短編集

偶然街で出会った社の新入社員の未亡人と一夜を共にする「匂いの女」など、短編七作に書き下ろしを加えた八作品を収録した官能短編集。

乃坂希　**濃蜜《のうみつ》ウイークエンド**

書き下ろし長編
オフィス・エロス

ペットフードメーカーに勤める福田幸夫は浮気童貞。だがある夜を境に、彼にまつわる妙なジンクスがOLたちの間で囁かれはじめる。

乃坂希　**人妻遊泳**

書き下ろし長編
人妻エロス

セックスだけを楽しめる人妻との関係を求めていた恩田忠司は、旧知の女医美智子との一夜を皮切りに人妻たちと逢瀬を重ねることになる。

乃坂希　**蜜嫁さがし**

書き下ろし長編
柔肌エロス

四十路を迎えるまでに結婚したいと考えている野原兎一郎。性も含めた理想の結婚相手を求めて繰り広げられる、オトナの婚活の顛末は!?

乃坂希　**淫らな君に首ったけ**

書き下ろし長編
不倫願望エロス

妻と別居中の竹山光雄は、レストランコンサートで隣り合った千里という女性を相手に初めての浮気を堪能。再びの情交を期待するのだが。

乃坂希　**蜜花《みつか》めぐり**

書き下ろし長編
招福エロス

星野純平は女性と付き合うのが苦手だが、ある日おばあさんから渡された招き猫のキーホルダーの力で、次々に好みの女性と出逢うことに。